艾德加・愛倫・坡●著　江瑞芹●編譯

〈II〉

驚悚大師

愛倫坡

在恐懼的漣漪裡，蕩漾著惡魔的咒語，
死亡只是開始，驚悚不過是種調劑……

本書精選出愛倫・坡最驚悚懸疑的精采短篇，
快跟隨愛倫・坡一同找出那出人意料的結局！

Allan Poe

前言

艾德加·愛倫·坡（Edgar Allan Poe，一八〇九～一八四九），美國文學家，與安布魯斯·布林斯和H·P·洛夫克拉夫特並稱為美國三大恐怖小說家。此外，他還擁有多重身分：恐怖小說大師、偵探懸疑小說鼻祖、科幻文學先驅和早期象徵主義代表等。

愛倫·坡出生於一個戲劇家庭，本名艾德加·坡，幼年時父母雙亡，後由約翰與法蘭西絲·愛倫夫婦撫養長大，更名艾德加·愛倫·坡。早年，愛倫·坡一度就讀於維吉尼亞大學，後於一八三〇年五月進入西點軍校，因不滿軍校的壓抑生活，經常刻意違反校規，在一八三一年一月受軍事法庭審判後被開除。期間，愛倫·坡與其養父斷絕了關係。

或許是繼承自家庭的戲劇天分，加上幼年培養起來的不安全感與叛逆性格，使得愛倫·坡在文學上擁有獨特的氣質。被西點軍校開除之後，愛倫·坡開始真正從事文學工作，並以獨特的風格躋身小有名氣的文學評論家行列。一八四一年，愛倫·坡發表《莫格街謀殺案》，成為後世公認的偵探小說鼻祖。一八四五年一月發表了詩歌《烏鴉》，他那與眾不同的詩意與創作理念使他一夜成名。

儘管如此，愛倫·坡的一生卻懷才不遇。作為美國歷史上第一位職業作家，他終生只以寫作為生，因此長期處於困頓之中。一八四七年，愛妻維吉尼亞死於肺結核，愛倫·坡備受打擊，自此陷入酗酒與精神錯亂之中。兩年後的十月七日，愛倫·坡逝世於巴爾的摩，享年四十歲。關於他的死因眾說紛紜，一般人們認為是腦出血，但也有很多人猜測是酗酒、吸毒、霍亂、自殺和肺結核等原因。

愛倫．坡死後，他的名譽長期受到誹謗攻擊，但作品卻惠澤後人，流傳各國，對世界文壇產生了深遠的影響。後世不少文學家、作家和詩人都對愛倫．坡十分推崇，其中最著名的有偵探小說家柯南．道爾，法國象徵主義頂峰時代詩人波德賴爾、馬拉美，浪漫主義代表作家、《金銀島》的作者斯蒂文森，以及素有日本「偵探推理小說之父」之稱的江戶川亂步等。

愛倫．坡的懸疑小說在文學界獨樹一幟，以其離奇神祕、驚悚陰鬱的風格吸引了大批讀者，在世界文壇經久不衰。其中，發表於一八四一年的《莫格街謀殺案》是公認最早的偵探小說，作者以「密室兇殺」為中心點，展開了一系列精彩的推理。在隨後發表的《瑪麗．羅傑疑案》、《被竊的信》、《你就是殺人兇手》等作品中，作者更是將這種推理寫作模式發揮到極致。愛倫．坡這種獨創的寫作手法，使得後世偵探小說家絕少能脫其窠臼。此外，愛倫．坡還成功地塑造了業餘大偵探奧古斯都．迪潘這一形象，柯南．道爾筆下的福爾摩斯幾乎就是迪潘的翻版。

本書精選了愛倫．坡幾部驚悚懸疑的短篇小說，希望為愛倫．坡的文學愛好者和喜好驚悚推理小說的讀者提供一個更好的讀本。

contents

我的妻子莫蕾拉認為我不愛她了，她覺得只有她死了我才能記住她。不久，她真的去世了，臨死前還為我生了一個女兒。我把女兒養大，但是一直沒有給她取名字。隨著時間的推移，女兒長得和她的母親幾乎一模一樣！

我的表妹貝蕾妮絲是個漂亮有活力的年輕女子。某年，貝蕾妮絲突然染上了重病，曾經擁有的美貌也漸漸消失，而我也突然患上了可怕的偏執狂。病中的貝蕾妮絲成了我研究的對象，我因此對貝蕾妮絲產生了莫名的情愫……

在紅死病肆虐的時候，普羅斯佩羅王子卻挑選了一千名健壯的隨從，把他們關在寺院裡，日日尋歡作樂。一天，王子舉行盛大的化裝舞會，屋子裡的人都沉浸在歡樂中。到了午夜……

有一天，我接到亞瑟的信，信上說他身患重病，需要我的陪伴。我連忙趕去他的城堡，卻發現他雖然心存抑鬱，但沒有任何身體上的問題，而他心愛的妹妹卻病逝了……

神祕的莫斯克海峽有一處驚險恐怖的大漩渦，那裡是漁夫的噩夢。然而，那裡同時也有著豐富的魚類，所以也是漁夫的天堂。身強力壯的漁夫兄弟自認為可以避開自然的肆虐，所以每次都鋌而走險地到那裡捕魚。

11 鐘樓魔鬼——141
我來到了一個叫做沃頓沃提米提斯的小鎮，這是個秩序完美、時間準確的地方。這裡的居民喜歡美味的捲心菜和精確的時鐘，小鎮上的鐘樓更是被居民們視為珍寶。一天正午，一個外來人闖進了小鎮，跑到鐘樓作怪，結果大鐘敲了十三下，整個小鎮的秩序突然被打亂了……

12 與木乃伊對話——153
提到木乃伊，也許你會不由自主地聯想到蒼白的面孔、呆滯的表情、僵硬的身體與充滿神祕細菌的裹屍布……然而事實顯示，他們可能還活著。是的，這簡直不可思議，一具千年的木乃伊就這樣在我們眼前恢復了呼吸……

13 瓶中手稿——173
我踏上了前往異他群島的旅途。在航程中，我遇到了熱帶風暴，乘坐的船隻也被狂風暴雨砸壞了。在海上漂流了幾天，我遇到了一艘從沒見過的巨輪。為了活命我逃上了巨輪，但在那裡我卻像透明人一樣。我用找來的紙筆將自己的離奇經歷記錄下來，並把它裝進瓶子丟進了海洋中……

14 你就是殺人兇手——187
僻靜的拉托爾巴勒小鎮突然發生了一起匪夷所思的奇案——巴納巴斯・沙爾沃斯連同他的兩袋金幣失蹤了。事後，巴納巴斯被證實已遭殺害。經過調查，人們認定兇手是他的侄子彭尼費瑟。惡有惡報，彭尼費瑟順理成章地被判了絞刑。然而，事實真相是否真如表面所呈現的那樣呢？

15 凹坑與鐘擺——201
我是一個被判處死刑的囚犯，在得知自己要死的那一刻就昏了過去。當我醒來時，我發現自己待在一個陌生的空間，那裡有數不盡的陰謀和陷阱等著我。在那裡，我受盡了折磨，陷入無盡的痛苦中。到底誰能把我從這個恐怖的地獄中拯救出來呢？

contents

01 莫蕾拉

莫蕾拉是我的朋友，雖說我對她懷有某種深摯的情感，但那是非常奇異的。

我們偶然相識。第一次見面時，一種以前從未有過的熊熊火焰就在我心中燃燒起來，然而這火焰卻不是愛情的火焰。我逐漸發現自己也說不清這奇異的火焰究竟意味著什麼，也沒有辦法控制這火焰的熱度，這令我痛苦不堪。然而，命運讓我們結成了夫妻。我對她的感情與愛無關，也不能用激情來形容。她與我相伴，給我一種超乎想像、夢寐以求的幸福。

莫蕾拉聰慧過人，學識淵博，這一點我感觸深刻。在許多事情上，我都順從她。但是，沒過多久我就發現，她拿給我看的一些文章非常神祕。也許是她在普雷斯堡上過學的緣故，這類文章往往會被人們視為早期文學中的敗筆。而她卻非常喜歡這類作品，而且對它們進行了長期研究。雖然這令我不解，但我在她的影響下，也莫名其妙地對它們產生了興趣。

我想並不是理性使我變成這樣。我忘卻了自己，不明所以地成了這些哲學的信徒，這既不是因為這些哲學本身對我發生了作用，也不是因為我對書中的神祕色彩著了迷，原因只能說是我走火入魔了。

我一心一意地聽莫蕾拉的話，亦步亦趨地跟隨她投入那複雜詭異的研究

莫蕾拉

01

中。每當我鑽進紙堆，並從心中生出一種被禁錮的感覺時，莫蕾拉就用她那冰冷的手握住我的手，然後從那哲學的灰燼中隨意揀出幾個古怪的文字，激起我強烈的印象。

於是我經常在她身旁，聽她為我講解這些字的意思，直到她美妙的聲音讓我心裡發麻，進而對她那恐怖的語調膽戰心驚。因此，愉悅之情被恐懼代替，就像欣諾姆谷（以色列地名，語出《聖經》）變成了火焚谷（《聖經》中記敘的耶路撒冷西南的一個山谷，是亞達人以兒童為人祭火化獻給摩洛神的地方）一樣，最美好的變成了最恐怖的。

在很長一段時間中，我和莫蕾拉的話題除了這些怪玩意兒，就沒有別的了。我也就不再詳細地講述我們的研究到底是怎麼一回事了。

莫蕾拉非常具有想像力。在她看來，德國哲學家費希特的唯意志論、古希臘哲學家和數學家畢達哥拉斯提出的「一切都是數」，以及德國唯心主義哲學家謝林所鼓吹的「同一性」學說，都很有趣。我相信英國哲學家洛克先生的那種同一性構成了理智者的理智。我們之所以是我們自己，我們之所以與別人不一樣，是因為我們都明白智慧的本質是理智，我們的良知與思想息息相關，然而我們卻是相同的。

其實我最感興趣的是那些個性化的觀點，不僅因為那些觀點新穎，令人愉悅，更由於莫蕾拉談到這些觀點時非常熱情。

但是，終於有一天，我妻子的熱情像符咒般使我感到窒息。她那蒼白手指的觸摸，那低沉悅耳的聲音，那憂鬱的眼神，讓我再也無法忍受了。她並沒有責備我，儘管她早已知道了這一切。她似乎覺察到了我的軟弱和愚蠢，微笑著說一切都是命運。她似乎也覺察到了是什麼引起我自己也不明所以的神經過敏，但是她什麼都沒有說。

然而，她一天比一天憔悴，她臉上的紅暈日漸消失，額頭上的青筋越來越多。剛開始我非常憐憫她，後來我就感到很噁心，就像是俯視著深不見底的峽谷，令人頭昏腦漲。應該承認的是，剎那間我極其渴望莫蕾拉死掉，但是她那孱弱的靈魂眷戀著肉體，過了很久，她仍遲遲不死，我越來越生氣，直到我心中的憤怒壓過了良知。

我像魔鬼一樣，詛咒著推遲的每一天，詛咒著推遲的第一個鐘頭，詛咒著痛苦的每一刻。而她的生命還在延續，就像是黃昏的夕陽，遲遲不肯離去。

然而，在一個秋天的晚上，外面的風停了，莫蕾拉把我叫到她的床邊。窗外薄霧迷漫，一道彩虹出現在渺遠的天空。

01 莫蕾拉

「是時候了，」她說，「活下去，或者死掉。今天是大地之子與生命之子的日子，或者應該說是天堂之女與死亡之女的日子！」

我吻了吻她的前額，她繼續說：「我應該活下去，可是我知道我就要死了。」

「莫蕾拉！」

「只要你還愛我，我就不會死，但是活著的時候被你嫌惡的女人，只有死了以後才會得到你的尊敬。」

「莫蕾拉！」

「我再說一遍，我就要死了，而我的心裡還保留著一份愛，你曾經對我也有過這樣的愛，卻轉瞬即逝了！我死了，我們的孩子會活下去，我莫蕾拉的孩子。你的餘生將是痛苦的，這種痛苦會像柏樹的生命一樣持久。幸福不像帕埃斯圖姆的玫瑰那樣一年開兩次，你的幸福也不會有第二次了。因為你忽視了長春花和藤蔓，你將背負著大地的死衣艱難行走。」

「莫蕾拉！」我哭嚷著，「莫蕾拉！你是怎樣知道這些的？」

但是她轉過頭去，四肢微微顫抖了幾下，便死去了。

正如莫蕾拉臨終前所說的，她死之前生下了一個女孩。這個孩子直到她母親咽了氣才開始呼吸。隨著她漸漸長大，我發現她無論是在體態上還是在智力上，都極為奇特，也非常像她死去的母親。她是我的掌上明珠，我對她的愛超過了世上任何的愛。然而，不久後這種真誠的愛便被一層陰雲籠罩住了。

正如我剛才所說，這個孩子成長得非常奇異，她的身體發育得特別快，心智方面成長得也特別迅速。我腦中常常因此出現一些莫名其妙的想法，這令我感到非常害怕。如果不是這樣，那我怎麼每天都會覺得這個女孩的想法中有成年女子的能力？

她憂鬱的眼神中怎麼常常會傳達出成熟女人的氣質？天哪，當我不得不面對現實，面對這一切迅速而顯著的變化，並感到驚恐萬分的時候，我不由自主地想起了莫蕾拉死前的那番話。我躲在家裡，觀察著與這孩子有關的一切。

茫茫人海中，我用盡生命去熱愛的竟是命運之神命令我必須去尊敬的人。我每天都注意觀察她那聖潔、溫柔的面孔，她的成熟讓我驚詫不已。我為每一天都能在這孩子身上發現她與莫蕾拉的新的相似之處而感到不安。她的微笑、她的眼神都那麼像她母親，這常常令我毛骨悚然。更為驚異的是，她的

莫蕾拉

01

眼光也同莫蕾拉一樣敏銳，能夠看透我的心理。她那高高的額頭、亮麗的秀髮、蒼白的手指和悅耳動聽的聲音，都使我極為不安。

最可怕的是，連她說話時所用的字眼都與她母親極其相似，這對我是一種莫大的折磨。十年之間，我一直都沒給我的女兒取名字，只是親切地稱呼她「我的孩子」和「親愛的夥伴」。

自她母親死後，就沒有人再提起「莫蕾拉」這個名字，我也從沒向女兒說起過她母親的情況——絕不會講的。這些年她一直待在家裡，與社會沒有任何接觸。外面的世界對我的女兒來說非常陌生。她一直生活在自己狹隘的、與世隔絕的天地裡。但是隨著她的長大，我終於想起應該給她洗禮了。我以為可以通過為她舉行洗禮儀式讓自己從這被詛咒的命運裡逃脫出來。

在我家地下室舉行的洗禮儀式上，我不知道該給女兒取個什麼樣的名字。我想起很多好聽又很有特色的名字，不知為什麼它們一起湧到了我的嘴邊，但我就是說不出口，而在一瞬間我竟然想起了我已經亡故的妻子。只有上帝知道我那時著了什麼魔，全然不知自己在幹什麼，我只低聲說出了一個名字，這個想起來就會令我血液倒流的可怕的名字，這個恐怖的名字當時一直在我腦海中徘徊著。

在這寂靜的夜晚，陰暗的聖壇邊上，我神志恍惚，不知道被什麼可怕的東西罩住了一般，向神父說出了三個字——莫蕾拉。

但更加怪異的是，我的女兒一聽到我說出的這三個字，臉頰便開始顫抖，她仰起頭癡癡地望著天花板，突然跌倒在地上，說了一聲：「唉！」

當我聽到這個簡潔明瞭的聲音時，我的大腦停止了一切活動，一片空白。我永遠都不會忘記這段記憶，絕對不會忘記！儘管我真的沒有無視長春花和藤蔓，但是擁有最長生命的柏樹卻日日夜夜地掩蓋著我。

我不知道自己在哪裡，也不在乎時間的意義，大地因為我的命運之星的暗淡而變得黑暗了。從我身上走過的人們就像疾馳而過的影子，而在這些人當中，我只認識一個：莫蕾拉。

我只能聽見一個聲音，那就是海水在風的吹打中不斷發出的低吟聲：莫蕾拉。然而她已經死了，我親自把女兒的屍體送到墳墓裡，就在我打開墓室，把第二個莫蕾拉放進去的時候，我竟然沒有看到第一個莫蕾拉的屍體，我冷冷地狂笑不止。

02 貝蕾妮絲

我的受洗名叫做埃格斯。我的家庭成員都被稱為「幻想家」，而家庭中豐富歷史的一切——古老的大宅、大廳的壁畫、屋裡的掛毯、族徽中的圖案，都從各個方面證明了我們幻想家的身分。

如果我說我的靈魂以前沒有存在過，你也許認為我在胡說。不過，對此我們不必爭論，我自己相信就好。我童年時的記憶與一個圖書室聯繫在一起，我的母親死在那裡，而我卻降生在那裡。這段記憶像影子一樣，搖曳不定，揮之不去，並且永遠存在著。

從長夜中醒來時，我沒有立刻進行宗教般的冥想，只是瞪著眼睛去觀察周圍的一切。我的少年時代在讀書中度過，而我的青年時代，則是在冥想中度過。時間流逝，將近中年時，我仍待在家族的府邸中。我感到我的生命幾近枯竭，我的思想也發生了很大的轉變，我竟然覺得現實世界就像是幻想，而幻想中的世界卻是一片真實。

和我一起在古老大宅中長大的，是我的表妹貝蕾妮絲。雖然一起長大，但我們相差甚遠：我體弱多病，總是憂鬱，她健康美麗、活力四射；我喜歡作修士式的研究，而她喜歡在山坡上漫步；內向的我總是在冥想，她則無拘

02 貝蕾妮絲

無束，快樂地生活。我呼喚著她的名字——貝蕾妮絲！想到她，我陰暗的記憶中便湧現出滿滿的快樂，表妹的倩影是那麼美麗，令人心動。而後來發生的事情卻讓我不忍講述，神祕之餘也讓我充滿恐懼。

一場致命的疾病無情地降落在表妹身上，我眼睜睜地看著她變成另一個人，無論是心理、習慣還是性格，她都完全變了，原來美麗的貝蕾妮絲不見了。

這場大病給表妹的身心都造成了很大的影響，也留下了許多後遺症，其中之一便是癲癇病。這個痼疾時好時壞，不發作的時候跟正常人無異。

就在同一時期，我也忽然得了病，最後發展成了偏執狂，而且越來越嚴重，到後來我都無法控制自己。我的症狀主要是極易激動，遇到問題就使勁鑽牛角尖，簡單的說，就是再小的事也會讓我焦慮不已，焦慮個沒完。

比如，一本書的印刷、紙頁邊框也可以讓我不厭其煩地研究上數小時；壁毯和門上的影子也會讓我想上大半天；有時，我會關上房門，整整一夜呆呆地盯著蠟燭的火苗或爐中餘燼紋絲不動；有時也會聞一天的花香，或者把一個普通的單詞顛來倒去地重複，直到它在我腦海中失去意義。而我的精神疾病導致的一個常見問題是，長時間的一動也不動。

大家可不要誤解我的話，我這種對小事的執著與正常人運用想像力的創造性思考完全不一樣。正常人的沉思不會像我這麼極端，他們也不會執著於雞毛蒜皮的小事。對正常人有吸引力的東西，會催生出他們的想像力和創造力，但聯想過後，引起他們聯想的東西便會消失，那些最初引起他們興趣的事會被遺忘，最終，他們得到的是豐盈的內心世界。

而我恰恰相反。不管我怎樣聯想，思想都會回到最初的那件事情上，思考結束時，最初注意的那個東西不但仍然存在，而且越來越清晰，就像是放大鏡下的東西，呈現出一種誇大的形象。也就是說，幻想家的心理特徵是思考觀察型，而我只是病態性的關注型。

在我得病的這段時間，我讀過的書也是混亂、誘發人想像力的書，可以說儘管這些書不是導致我生病的主要原因，但它們也應該對我的病揹上一定的責任。我還清楚地記得那些書，其中包括奧斯丁的名著《上帝之城》和德爾圖林的《論基督之復活》。尤其是後者，我對其中一些隱祕不解的文字進行了琢磨，然而幾週過去，我也依然一無所獲。我對細節的這種執著，與托勒密·赫弗斯狄翁說的海邊巨石十分相像。據說，那岩石不論是受到人為破壞，還是海浪侵蝕，抑或暴風襲擊，都毫無變化，但是令人驚奇的是，它一沾到一種被叫做「艾弗花」的花朵，就會發生震動。如果真的有這種花，那麼我

02 貝蕾妮絲

生命中的「艾弗花」一定是她——貝蕾妮絲。

過了一段時間，我的病逐漸好轉，人也清醒了些。此時的我看到貝蕾妮絲不幸地生活著，心裡既疼痛又惋惜——這麼一個如花似玉的女子怎麼就成了殘花敗柳。這並不是我的病態思考，任何人見到她都會有這樣的想法。我病發的時候，注意到的只有一點，就是雖不太重要但格外引人注意的部份——外表上的巨大變化。

她生病之前可謂傾城傾國，但那時我並沒有愛上她，後來我的精神有了問題，心靈與大腦發生了錯位，那種源自心底的感情不再屬於我，我只有大腦發熱而產生的熱情。以前，從灰濛濛的早晨到昏暗的晚上，她總是在我身邊，我卻從不認為她存在於現實中，而只認為她存在於夢境；我從未把她視為凡俗世界中的女人，而是把她當做一件抽象的東西去分析。

可是現在，她一出現我就顫抖，她一向我走來，我的臉就迅速變白。我同情她的不幸，再想到以前她就愛著我，一時頭腦發熱，就向她求了婚。一切如願以償，我們的婚期逐漸逼近。一個冬天的下午，我獨自坐在圖書室裡，本以為只有我一人，可一抬頭，貝蕾妮絲就站在我面前。不知道是我的想像力太豐富了，還是光線太暗淡，我竟然看不清她的身形。

她一言不發，我也一句話都說不出來，只是感到一種莫名的難受，而好奇心驅使我看著她。她在椅子上坐了好一會兒，我的雙眼緊盯著她，目光落在了她蒼白的臉上。天哪，她已經瘦成了秸稈，完全失去了往日的輪廓與美麗；她頭髮的黑亮現在已經被稀黃取代；她的眼睛絲毫沒有生氣，就像是沒有瞳仁。這樣的形象與南歐人的特徵極不相符。因為眼前的景象，我不由得避開了她呆滯的目光，轉向她的薄唇。微張的嘴唇帶著一抹奇特的笑，在這微笑中，她的牙齒漸漸露了出來——天啊，那牙齒我根本不想再看，太恐怖了！

突然而至的關門聲驚醒了我，當我抬起頭時，表妹已經離開了房間，但我始終無法把那一口可怕的牙齒驅趕出腦海。這些牙齒沒有一個缺口，沒有一絲斑痕，她的牙齒和微笑一併留在了我的腦海裡，現在這牙齒顯然比微笑更清晰。

牙——白牙！白牙！無處不在的白牙！

我又犯起了偏執狂。我試圖抵抗這奇怪的思想，但是我控制不住。此刻我的腦子裡，什麼都沒有，只有那一口白牙。我從各種角度揣摩它們，研究每一顆白牙的特點。我對它們有一種瘋狂的渴望，我一心想著它們，其他的

02 貝蕾妮絲

一切都被我拋在腦後。

我開始想它們的不同之處，它們獨特的構造，我想像著它們具有的敏感力量，以及即使不靠嘴唇它們也具有某種精神上的表現力。當想到這裡時，我不由得大吃一驚。人們都說舞蹈大師莎萊的腳步充滿了感情，而我則堅信貝蕾妮絲的白牙才充滿了思想！我如此執著於這些白牙，甚至覺得只有擁有了它們，我才可以恢復理智，獲得平靜。

就在我不斷沉思冥想的時候，黃昏按時來臨，黑夜如期而至。接著，黎明再一次到來，太陽升起。到現在，已是第二個夜晚，我仍一動不動地坐在屋裡，沉思冥想，腦子裡只有白牙，無論白天還是黑夜，在房間裡幾乎都是白牙。突然一聲可怕淒慘的尖叫將夢中的白牙打碎，我從深思中驚醒，聽到騷亂和叫喊聲，中間似乎還夾雜著些許呻吟的聲音。我起身，推開圖書室的窗戶，一名女僕淚流滿面地站在前廳，告訴我貝蕾妮絲死了。原來那天一大早，她就犯了癲癇，而當天的傍晚時分，安葬她的墳墓已經為她準備好了，葬禮的一切也已經安排就緒。

現在，我發現我又是一人獨自坐在圖書室裡，似乎剛從一個混亂的夢中驚醒。我清楚地知道現在是午夜，還記得這天太陽一下山，貝蕾妮絲就下葬了，但是我對此前發生的事情記憶朦朧。我的記憶中確實存在著巨大的恐懼，而這些恐懼似乎是由一些符號堆積而成，我使盡全身力氣也破除不了。與此同時，我的耳邊總鳴響著一種聲音，那是離去的靈魂的聲音，是女人的尖叫聲。我高聲地問自己，我做了一樁什麼事情呢？

我抬起頭，看見旁邊的桌子上有一盞燈，燈旁有一個小盒子，看起來很普通。以前我常在我們家族醫生那裡見到它，但此刻，它為什麼會在這裡呢？而我一看到它，就莫名的慌張。我的目光隨後落在了一本書的標線段落上，這是埃爾本·查亞特的一句奇特的小詩：「朋友告訴我，要想減輕我的憂傷，就去情人的墳墓一看。」這時，一名臉色慘白的僕人從圖書室的房門進來，看上去已經嚇破了膽，對我說話的聲音都顫抖著，由於聲音太小，我聽到的也只是一些期期艾艾的、不是很連貫的句子。

從他的話語中，我知道了事情的真相。他說，就在剛才，人們被可怕的哭聲驚醒，於是大家都聚在一起，循著哭聲的方向尋找。僕人的講述聲愈來愈令人感到恐怖，卻異常清晰。他說，他們進入貝蕾妮絲的墳墓，發現了穿著壽衣的貝蕾妮絲的屍體。但令人驚詫不解的是，她居然還活著，雖然樣貌醜陋至極，心跳卻很清晰。

哦，上帝！她還活著。

突然，僕人指著我沾滿污泥與血跡的衣服，我不知該說些什麼。然後，他又抓起我的手，手背上佈滿了抓痕。接著，他指著靠牆的地方讓我看，好半天，我才弄明白那是一把鐵鍬。我下意識地驚叫了一聲並迅速衝到桌邊，抓起那個盒子，但怎麼也打不開它。

我的雙手猛烈地顫抖著，盒子掉在了地上，有一些東西從裡邊滾落出來，除了牙醫的各種手術器具之外，還有三十二顆奪目又潔白如珠的東西滾落四處……

驚悚大師愛倫坡

Allan Poe

03 紅死魔的面具

紅死病在國內肆虐已久。這種可怕的瘟疫以前從未有過，它的具體表現和特徵就是出血——一片殷紅，令人恐懼。患者起初會感到劇痛，接著一陣頭昏眼花，最後全身毛孔大量出血而死。只要患者身上，特別是臉部出現猩紅色斑點就是染上瘟疫的徵兆，這時諸親朋好友誰也不敢近身去救護和慰問患者。患者從得病到發病，一直到送命，只要不到半小時時間。

可是普羅斯佩羅王子照樣歡歡喜喜，他天不怕地不怕。當他領地裡的老百姓死了一半的時候，他從宮裡的武士和貴婦中挑了一千名健壯的隨從，帶著他們隱居到他統治下的一座雉堞高築的大寺院裡去。這座寺院占地寬廣、建築宏偉，四周圍著堅固的高牆，牆上安著鐵門，完全按照普羅斯佩羅王子那古怪而驕奢的品位興建而成。

王子帶著這些隨從進了寺院。他們帶著熔爐和大鐵錘，在進入寺院後，就把門閂全都焊上，橫下心來，絕不留方便之門，哪怕今後在裡頭憋不住，絕望發狂，也不從裡面出去。所有人都沒有把瘟疫放在心上，外界鬧得如何，全都與他們無關。再說傷心也罷，焦慮也罷，都是庸人自擾；王子早已做好一切尋歡作樂的準備，有說笑逗樂的，有即興表演的，有跳芭蕾舞的，有演奏樂曲的，有美女，還有醇酒；寺院裡儲糧充足，應有盡有，盡可以安享太平。

03 紅死魔的面具

普羅斯佩羅王子在寺院裡隱居了五、六個月，外邊早已鬧得天翻地覆。此時，王子舉辦了一個盛況空前的化裝舞會，邀請這一千名玩伴一同享樂。

這場化裝舞會真是窮奢極欲。

舉行舞會的場地原是一間行宮，一共有七間屋子。若在一般宮中，只要把套間中的折門向兩邊推開，推到牆根，整個套間就一覽無遺了。而這裡的情況卻大不相同，因為這位王子就愛別出心裁。這些屋子造得極不整齊，每隔二、三十步的地方就有一個急轉角，每個轉角處都可以看到新奇的景物；左右兩面牆中間都開著又高又窄的哥德式窗子，窗外是一條圍繞著這座行宮的迴廊。

窗子都是彩色玻璃的，色彩各不相同，和各間房子的室內裝飾的主要色調一致。譬如說，東邊那間屋子懸掛的裝飾是藍色的，窗子就藍得晶瑩；第二間屋子的裝飾和帷幔都是紫紅的，窗玻璃也是紫紅的；第三間屋裡一律是綠色的，窗扉也是綠的；第四間的傢俱和映入的光線都是橙黃的；第五間全是白的；第六間全是紫羅蘭色的；第七間從天花板到四壁都密密層層地罩著黑絲絨帷幔，重重疊疊地拖到同色同料的地毯上，不過只有這一間的窗子色彩同室內裝飾不一致：這裡的窗玻璃是猩紅色的，紅得像濃濃的血。

這七間屋子懸空掛著大批金碧輝煌的裝飾品，但其中竟沒有一盞燈，也沒有一架燭臺。不過在圍繞這套屋子的迴廊上，每扇窗子對面都擱著一個沉甸甸的大香爐，香爐裡有個火缽，發出的光透過彩色玻璃，照得屋裡通亮，呈現出五光十色、千奇百怪的景象。可是在那間黑屋裡，火光透過血紅的窗玻璃照射到漆黑的帷幔上卻是無比陰森，凡是進屋的人，無不映得臉無人色，所以男男女女沒有一個敢走進這間屋來。

這間屋裡的西牆前擺著一座巨大的烏木檀時鐘，鐘擺左右搖動，發出的聲音沉悶、呆滯、單調。每當分針在鐘面走滿一圈，大鐘的黃銅腔內就發出一種既清澈又洪亮的聲音，然而曲調又顯得很古怪。因此每過一小時，樂隊的樂師都不由得暫停演奏來傾聽鐘聲，跳著華爾滋舞的雙雙對對也不得不停止旋轉，正在尋歡作樂的紅男綠女不免一陣騷亂。

鐘聲在一下下敲響的時候，連放蕩透頂的人都變得臉如死灰，上了年紀的和老成持重的人都不由雙手撫額，彷彿胡思亂想得出了神。等鐘聲餘音停止，舞會上頓時又恢復了一片輕鬆的歡笑聲，樂師個個面面相覷，啞然失笑，似乎借此為剛才那番神經過敏的愚蠢舉止解嘲。大家還私下悄悄發誓，保證下回鐘響絕不這樣感情用事。不想時間過得飛快，轉眼間又過了六十分鐘，即過了三千六百秒，時鐘又敲響了，這時舞會上依然一片混亂和震驚。

這場歡宴終究還是規模盛大，大家玩得很痛快。王子的口味畢竟古怪，他對色彩別具慧眼；他對時興的裝飾一概不放在眼裡；他的設想大膽熱烈，他的概念閃耀著粗野的光彩。有人以為他瘋了，他的門客卻不以為然，不過要確定他沒有瘋，要聽到他說話，見到他的面，跟他接觸過才行。

在舉行這個盛大的宴會之前，七間屋子裡那些活動裝飾大多是王子親手設計指示佈置的，化裝舞會的聲光設計也迎合他的口味。那真是五光十色，變幻無窮，令人眼花繚亂，心蕩神馳——差不多都是在《歐那尼》裡看見過的場面——到處都是光怪陸離的形象和打扮得不倫不類的人，一切夢幻般的奇景，只有瘋子的頭腦才想得出。

固然有不少東西美不勝收，但也有不少東西傷風敗俗，有不少東西稀奇古怪，有的叫人看了害怕，還有許多叫人看了噁心。事實上，在這七間屋子裡走來走去的人，無異於一群夢中人，這些夢中人映照著各間屋子的色彩，不斷扭曲著身子，竟惹得樂隊如癡如狂，奏出配合他們步子的樂曲。

那間黑屋裡的烏檀木時鐘又敲響了，一時間除了鐘聲之外，聲息全無。這些夢景頓時凝住了，但等鐘聲餘音消失——其實只有一眨眼的工夫而已

——人群中便發出一陣抑制不住的輕微笑聲，隨著遠去的鐘聲蕩漾著。

音樂又一下子響了起來，夢景重現，香爐散射出來的光線透過五顏六色的窗子照著扭曲得更加瘋狂的幢幢人影。但是，黑色的那一間，還是沒人敢去。夜色漸濃，血紅的窗玻璃中瀉進一片紅光，那片烏黑的帷幔令人魂飛魄散。

其他屋裡都擠得滿滿的，充滿活力的心臟撲騰撲騰跳得起勁。狂歡方酣，不覺鐘聲當當，已入午夜。於是，又如上文所述，音樂頓時寂然，跳著華爾滋舞的雙雙對對不再旋轉，照舊出現一種令人不安的休止。這次時鐘要敲十二下，因此玩樂的人們陷入深思默想的時間更長了，腦子裡轉的念頭也更多了。也許，正因為此，最後一下鐘聲的餘音還未消失的時候，大家才有閒工夫察覺到，他們中來了一個從未被人注意過的蒙面人。大家頓時竊竊私議，來客的消息就此一傳十，十傳百，賓客紛紛表示不滿和驚訝，末了又表示恐懼、害怕和厭惡。

可以這麼說，在我筆下描繪的這樣一個無奇不有的宴會裡，尋常人的出現絕不會引起人們的注意。說實在的，這個通宵化裝舞會未免放縱得過了頭。

儘管王子花樣層出不窮，但是大家議論著的這個人竟比王子有過之而無不及。就說那些極端放蕩不羈的人吧，他們的心裡未嘗沒有過動情的心弦；即使那些平素視生死大事為等閒的人，也難免有些事情不能等閒視之。看來全體賓客對這個陌生人的裝束和舉止都深表反感，因為它既沒有絲毫妙趣，也沒有半點禮儀可言。

這個人身材瘦長，從頭到腳裹著壽衣，一張面具做得和僵屍的臉容相差無幾，就算湊近細細打量恐怕也很難看出這是假的。瘋狂作樂的人們，對這裡種種的情形儘管心裡不滿，卻還是容忍得了，但是這個人太過分了，竟然扮成「紅死魔」——他的罩袍上濺滿了鮮血，寬闊的前額和五官都佈滿了恐怖的猩紅點。

這個鬼怪的動作緩慢而莊重，在跳華爾滋舞的賓客中走來走去，彷彿想繼續把這個角色扮演得更加淋漓盡致似的。普羅斯佩羅王子一看這個鬼怪如此放肆，便不由得渾身顫抖，直打哆嗦，看來不是嚇著了就是心裡厭惡，他被氣得前額漲紅。

他聲嘶力竭地喝問身邊的門客道：「哪個膽敢用這種該死的玩笑來侮辱我們啊？把他抓起來，掀開他的面具。我倒要瞧瞧，明兒一早綁到城頭上絞死的究竟是個什麼人！」

普羅斯佩羅王子說這番話時正站在東邊一間藍色的屋裡，他的聲音洪亮清澈，傳遍了七間屋子。王子生性魯莽粗野，所以他一揮手，音樂戛然而止。王子身邊跟著一幫臉色蒼白的門客，在他說話時，這幫門客就已向不速之客逐漸逼近。誰知這個不速之客反而不慌不忙、步履莊重地逼近王子。大夥兒看到來者如此狂妄，早已嚇壞了，哪裡還有什麼人敢伸出手去把他抓住啊。因此，這個不速之客竟然通行無阻地走到王子面前，相距咫尺。

這時，那一幫跳舞的人都紛紛從屋子中間退避到牆跟前，那人便又趁此腳不停步地朝前走，步伐還是像先前那樣不同尋常。他一步一步地走出藍色的屋子，走進紫紅色的屋子，出了紫紅色的屋子又走進橙黃色的屋子，如此又走進白色的屋子，再走進紫羅蘭色的屋子。

王子剛才一時膽怯，這時已惱羞成怒，氣得發瘋，他匆匆忙忙一口氣衝過了六間屋子，大家都嚇得要死，沒一個敢跟著他。他高舉一把出鞘的短劍，慌忙地逼近那怪異之人，相距不過三、四尺。這時那人已退到最後一間屋子的盡頭，猛一轉身，面對追上來的王子。只聽得一聲慘叫，那把亮晃晃的短劍掉落在烏黑的地毯上，霎時間普羅斯佩羅王子撲倒在地毯上。

那些玩樂的人見狀便一哄而上，湧進那間黑色的屋子裡。那個瘦長的身軀正一動不動，直挺挺地站在烏檀木時鐘的暗處。他們一下子抓住了他，不想一把抓住的竟只是一件壽衣和一個僵屍面具，其中人影全無。這下個個都嚇得張口結舌，無法言語。

到此大家都認為「紅死魔」已經上門來了，他像宵小一樣溜了進來。尋歡作樂的人一個接著一個地倒在血染滿地的舞廳裡，屍橫狼藉，個個都是一副絕望的姿態。烏檀木時鐘的生命也終於隨著放蕩生活的告終而結束，香爐的火光也熄滅了，只有黑暗、衰敗和「紅死」一統天下。

驚悚大師愛倫坡

Allan Poe

04 亞瑟府之倒塌

Allan Poe

01

那是一個昏暗的秋日，密佈的烏雲好像要吞噬大地一般。我隻身一人騎著馬，從荒原上穿過，目之所及皆是頹敗的景象。臨近傍晚，我才遠遠地瞧見亞瑟府的影子。看著那孤零零的建築，我心中莫名地充滿了憂傷，這種感覺難受極了。

往常，即便是處在冷落荒蕪的境地，或是看到淒厲險惡的景象，我也不免會生出幾分詩情，想要詠嘆一番。可如今，我心裡只有一份揮之不去的憂鬱，無以名狀。於是我再度打量這塊地方，只看見孤獨矗立的建築和四周單調的景象，光禿禿的院牆，似黑洞一樣的窗子，已經散發著腐敗氣息的灰色蘆葦和幾棵早就枯萎的樹木。

見此情形，我更是愁苦不已，現實的言語都無法形容我此刻的心情，這份感覺唯有用嗜食鴉片者從那瘋狂幻覺中驟然清醒的感覺作比較才貼切。

究竟是什麼讓眼前的亞瑟府無端地勾起我心中的哀愁？想到這裡，無數念頭湧入心上，卻又無從說起。對於這無解之謎，我只好自欺欺人地歸咎於景象的感染力。其中的奧祕，恐怕再博識的智者也無法說清楚，於是我思忖著，其實眼前景色只要在佈局上稍加更改，這種悲傷的感覺就會大大減弱甚至消失。

想到此，我揮鞭疾馳，一轉眼到了山中小湖的岸邊。小湖就傍著宅第，湖面似鏡面一樣平整，沒有一絲漣漪。它映出的景象都扭曲變形，灰色的蘆葦和慘白的枯木，還有似黑洞一樣的窗子，好像組成了一個巨大的怪獸，一切是那樣陰森恐怖。我低頭瞧那湖面，不由得渾身戰慄，比起剛才的憂傷來，心裡又多了幾分恐懼。

02

這座府邸屬於我童年時的好朋友羅德寇里·亞瑟，我們已經很多年沒見面了。可不久前，我收到一封他發來的信，信的筆跡略顯潦草，看得出是倉促而為。在這封親筆信中，他提到了自己身患重症，正備受精神錯亂的折磨，十分不安。他希望能夠見到昔日最好的朋友、唯一的知己。他懇求我能去陪他待一段日子，也許這樣做他的病情就能減輕。這真誠的請求讓我無法猶豫。於是我未做耽擱，立即出發。

雖然我應邀前往，但是仍覺得此事大有蹊蹺，多年未聯絡的他怎麼會突然提出這樣奇怪的請求。我們雖然是童年知交，可我對這個人卻並不十分瞭解。

他總是沉默寡言，對任何事情都有所保留。他彷彿蒙著一層神祕面紗，讓人無法看透。這樣的性格十分古怪，不過我倒是很清楚他並不是刻意如此，這一切源自於他的家族。聽說，他的先祖以多愁善感聞名。多少年來，他們家族的神祕色彩都透過高貴的藝術品體現。最近，他們也多次舉辦了慷慨卻不張揚的慈善活動。這個家族總是異於常人，比如對音樂，他們也只迷戀複雜多變的曲調。

他們的家族雖然顯赫，卻鮮有旁系子孫，除了偶爾的例外。這麼想來，眼前的房屋和人們熟知的亞瑟家族的性格極其相符，都透著一股神祕的氣息。不知道是房屋的特色影響了亞瑟家族的性格，還是房屋的所有人刻意將房屋修繕得如此。

正是因為缺少旁系親屬，亞瑟家族的財產和姓氏得以世代傳承，於是人們漸漸忘記了莊園的本名。家族世襲的莊園與姓氏合二為一，誕生了「亞瑟府」這樣模稜兩可的稱呼。在周圍鄉下人的心中，「亞瑟府」這三個字不單是羅德寇里所屬的家族，也包含了這座府邸。

03

就如上面說過的，為了逃避莫名的哀傷，我逃到了山中的湖岸邊。這樣略顯幼稚的舉動加深了早先的奇怪憂傷，甚至增添了幾分恐懼。毫無疑問，這迅速彌漫的怪異感，只會愈發濃厚。這樣無法用科學解釋的事情只能用迷信來說明吧。

人越是胡思亂想，便越覺得事情恐怖。這看似荒謬的定律，任你安放在誰身上都很合適。也許正是這個原因，當我的視線離開水中倒影轉到府邸時，我的眼前出現了荒謬的幻象：我眼前的府邸和整片莊園就像是籠罩在灰濛濛霧氣中的幻影。那霧氣從枯木、灰牆和死水中飄散出來，與周圍的空氣完全不同，好像瘟疫一樣可怕又不可思議。真的，我提到它，是想說明這折磨人的種種思緒究竟有怎麼樣強大的威力。

我胡思亂想，最後竟然真的相信這樣的幻象，覺得我只要再靠近一步，就會被那煙霧吞噬一般。一切越發不可思議。我盡可能地揮散腦海中奇怪的念頭，仔細地端詳和審視起這座府邸來。

年代久遠，光陰使它褪去鮮亮的色彩，這成了它最主要的特徵。細小的苔蘚佈滿外牆，猶如蜘蛛網狀般蔓延於屋簷下。儘管如此破舊，卻也找不出破損特別厲害的地方。建築各部分的牆體完好，只是個別之處石頭破裂，看上去不是十分協調。

這讓我想起了古墓中的那些華麗的錦緞，多年待在密閉的環境裡，看似完整，可一旦取出來，接觸了空氣，便會很快化為飛灰。亞瑟府除了表面上的衰頹外，整幢建築並沒有坍塌的徵兆。如果再仔細觀察，或許能找到一條細微的裂縫，從正面屋頂上開始，順著牆彎彎曲曲地延伸，直至消失在黑漆漆的湖水中。我邊留意著這一切，邊沿著短短的堤道緩慢騎馬前行。當我到達府邸門口時，一位僕從接過了轠繩，我下馬跨過哥德式的拱門進入大廳。

男僕小心翼翼地帶我穿過昏暗曲折的迴廊，前往亞瑟的工作室。不知道為什麼，我之前的那股莫名愁緒，變得更加強烈。一路的景物同我年幼時見到的一模一樣，天花板的雕刻、黑色的帷幔、烏黑的地板，以及擺設的紋章甲冑，這些普通的物件卻激起了我那麼奇特的幻想！

在樓梯上，我還遇見了他家的醫生，那位先生面露困惑並夾雜著狡黠，

04 亞瑟府之倒塌

草草地跟我搭了句話就走了。隨後我們來到了亞瑟的房間，我發現這是個寬敞的地方，天花板很高，窗子狹長而突兀，站在烏黑的橡木地板上，彷彿很遠很遠，伸開手仍無法構到。透過格子玻璃，幾縷微弱的紅光透了進來，把眼前的物件一一映照分明。

可是遠處的角落和雕花拱頂的凹陷處，依舊是暗暗的。牆上掛著深色的帷幔，傢俱很多，卻過於破舊，看著很不舒服。散放四處的書籍和樂器也沒能為這房間增添一絲生氣。

從這房間裡，我只嗅到了悲傷和憂鬱。亞瑟此時癱坐在沙發上，見我進來，立刻站了起來，熱情歡愉地迎接我。起初我以為這只是客套之舉，因為他顯得有些熱誠過度。可是當我看到他的面容和眼神，才確信那是出於真誠。

我們坐了下來，看著一言不發的他，我心中懷著憐憫，還夾雜著幾絲恐懼。在短短的時間裡，羅德寇里·亞瑟變化極大，我費了好大的勁才能認定，眼前的人確實是我童年的玩伴。他的臉部特徵一直不同尋常：天庭飽滿，眼若流星，眸清似水；輪廓漂亮而單薄的嘴唇，顏色略微暗淡；精緻的猶太人式的鼻子，搭配大得離譜的鼻孔；造型姣好的下巴，卻又不太引人注目；頭髮輕薄，略顯稀疏；膚色成不健康的灰白，令人過目難忘。由於顯著的臉部特徵和一成不變的表情，即使稍有一處細微的不同都顯得變化極大。

04

如今與亞瑟同處一室，讓我有種見到似曾相識的陌生人的錯覺。眼前的他，膚色蒼白得可怕且透著病態。但他的一雙眸子卻亮得出奇，這讓我尤為驚愕。絲緞般柔滑輕薄的頭髮，變得毛糙紛亂。無論我怎樣努力，都無法從他這副怪異的神情中找出正常人的影子。開始時我覺得他舉止怪異，卻不明緣由，但很快就發現是他的精神極度緊張所致。

他總是力圖克服自己的習慣性痙攣，但終究是白費力氣。這讓他看上去羸弱不堪。對於這樣的情況，我早有心理準備：一來他信中有所提及；二來年少時從他的某些脾氣中就略見端倪；再者，從他身體的狀況和氣質上也能作出推斷。眼前的他，看上去反覆無常，說話時聲音有些嘶啞，像是沉浸在菸酒中多年。他的聲調也忽高忽低，一會兒全無生氣、優柔寡斷，一會兒又乾脆有力。

他就這樣談著請我來的目的，講述他是多麼誠心誠意地期盼我的到來，也相當詳盡地介紹了他的病症。他認為他患的是家族遺傳的先天性神經上的疾病，無藥可治。其實不用他細說，我也能從他反復無常的情緒上看出來。他端坐在那裡，試圖用言語描述自己的狀態，但有些話讓我既困惑又好奇。

看來神經過敏已把他折磨得夠嗆了，他說，他只能穿訂製材料的衣服，難以忍受花的香味，即便微弱的光線也會讓他感到刺眼。除了特殊的弦樂外，其他聲音都會使他成為驚弓之鳥，看得出恐懼和病症已經牢牢地攫住了他。

他認定他一定會這樣死去，死在可悲的蠢病上，在病魔帶來的恐懼和可怕幻覺中慢慢喪失生命和理智。此外，我還從他那斷斷續續、含糊不清的話語中，得知了他精神上的另一個怪症：他總是擺脫不了他家府邸外表及實質的特點對他心靈造成的影響。那灰牆和塔樓，還有暗沉的湖水，就像是刻在他心裡一般，沒有一刻不影響著他的精神狀態。

他的用詞太過含糊，我難以複述，唯一可以確定的是，這一影響的感染力十分巨大。一再遲疑後，他終於坦誠說，若要追溯起來，如此折磨他的憂鬱，多半來自於他對妹妹瑪德琳的擔憂。多年來，妹妹一直陪伴著他，也是他世上唯一的親人。但如今，那位女子卻被重病纏身，正在死神的手中掙扎，不知何時會香消玉殞。

「她倘若去世，亞瑟家族就只剩下我這麼一個了無希望、脆弱可憐的人了。」他聲音裡透著絕望，讓我難以忘懷。他說話的當時，我看見瑪德琳小姐遠遠地從對面的房間走過，慢慢地踱步，她並沒有注意到我，但轉眼間就消失了。那一刻，我震驚於她的突然出現和消失，其中夾著些許恐懼的情緒，個中緣由卻說不清。我的目光追隨著她遠去的背影，心慌得厲害，我本能地轉眼看她哥哥亞瑟的神情，卻只看見他用蒼白又瘦骨嶙峋的雙手捂著臉，指縫間流出熱淚。

醫生們早就對瑪德琳小姐的病無能為力了，她備受病魔的折磨，人變得瘦削冷漠。短暫頻繁發作的類癲癇症，導致她身體局部僵硬，然而瑪德琳小姐並沒有因此倒臥病榻，她一直與死神抗爭。

只是就在我去的那天傍晚，她向死神低下了高傲的頭顱，當日我那恍惚間的驚鴻一瞥成了永別。她的哥哥亞瑟於夜間轉告了我這一噩耗，他備受打擊，悽愴得無法形容。如同她哥哥一樣，我再也見不到活著的瑪德琳小姐了。接下來的幾天，我和亞瑟之間彷彿有了一種約定俗成的禁忌，我們都絕口不提瑪德琳小姐的名字。那段時間，我專心一意地陪伴我的朋友，希望能減輕他的愁苦和孤單。

我們一起畫畫、看書，有時他會即興演奏六弦琴，聽著那悅耳的聲音，我好像置身於夢中。相處得越久，我們越覺得彼此親密，我也越能感受到他心中的愁苦。但事實上，我所做的那些博取他開心的努力，都是枉費心機。他的心似一潭死水，永不停歇地散發著心底的哀愁，那哀愁讓他的整個世界一片灰暗。

這些我們單獨相處的時刻，將成為我一生難忘的回憶，但是要讓我詳細地講明原因，卻不知從何說起。

05

我全然不知他究竟希望我在這些日子裡做些什麼。我複雜紊亂的心緒，讓記憶中的場景一片朦朧。他那時大段大段即興的輓歌，猶在耳畔。在眾多曲調之中，我能清晰地記得的，只有他對那首《馮・偉伯之最後的華爾滋》所做的奇異誇張的變奏。

他借著畫筆描繪心中的幻象，那一幅幅構思精巧的畫面在我眼前不斷地閃過。

他的畫大多構圖簡單，但讓人目不轉睛，並從心底感到震驚。如果說誰能體會這些畫的真正意圖，那麼只有我的朋友亞瑟，至少我認為是這樣的。他在畫布上潑灑的純然抽象的概念，讓人心生畏懼。他的畫讓人無法長時間凝視卻又印象深刻。就連福塞利那色彩強烈幻象具體的畫作，也沒能帶來如此的衝擊。

在亞瑟那些幻影般的構思中，唯有一幅畫不那麼抽象，或可訴諸文字，儘管可能描述不到位。

那是一張尺寸不大的畫，畫的是內景，無法辨別是地窖還是隧道，呈矩形無限延伸，看不見出口，也看不見任何光源。那洞穴深深地嵌在地面上，向下延伸。雪白的牆壁低矮光滑，沒有任何紋飾，也看不見剝落的痕跡。不知從何而來的強烈光線，四下翻滾，使整個畫面沐浴在不合時宜的可怕光輝中。我在上文中提到過，此時的他聽覺神經已成病態，除了某些弦樂聲外，受不了別的樂曲。

也許正因為他只彈奏六弦琴，所以才會將樂曲演繹得如此空幻怪誕。但那些流暢激昂的即興曲並非源自於此。當亞瑟處於極端興奮的狀態下時，他會高度集中，精神狀態也變得極其穩定。那些狂想曲的調子和歌詞必定是他精神極其鎮定、精力高度集中時的產物。我能毫不費力地複述其中一首歌的歌詞，也許這些字眼經由他的吟唱，撥動了我的心弦，銘刻在我的心上。

從這些歌詞的神祕意蘊中，我想我是第一次體會並瞭解了亞瑟的心路。他完全明白他一直高高在上的理性已搖搖欲墜，朝不保夕。那首狂想曲名叫《鬼宮》，歌詞的意思大致如此：

由思想主宰一切的王國，坐落在綠意盎然的山谷之中。那裡有可愛仙女的房屋，和熠熠生輝巍峨聳立的宮殿，就連六翼天使也從未見過如此美麗的建築。

金黃色的旗幟，亮眼奪目，高懸在宮殿之巔，隨風漫捲飛舞。代表思想的國王，在仙子仙樂的縈繞下，如坐雲端，威儀高大。

珍貴的寶石和珍珠裝飾著華麗的殿堂，響徹殿堂的歌聲稱讚著君主的智慧，那時歲月靜好。紅牆綠瓦在光陰中漸漸斑駁，仙女的容顏也漸漸模糊。邪惡裹挾著悲傷，披起長袍侵入宮殿，佔據著這榮耀之地，昔日的皇家繁華落盡，漸漸成為傳說。

Allan Poe

> 一位旅人踏上征途，踏進這傳說中美好的山谷，卻只見一地皚皚白骨，慘敗的宮殿佇立在高處，森森的鬼影在牆壁上掠過。滾滾呼嘯的冥河，夾雜著群魔聲聲哀號與可怕的嘶吼。

這首曲子暗含的意味，讓我想了很多。亞瑟的觀點並不新穎，但與其他人相比又大膽得可怕。

有一種觀念認為世間萬物皆有靈，可在亞瑟看來，就連無極世界的物也有自己的靈性。對於這一點，他深信不疑。在亞瑟的想像中，祖傳的莊園裡那些石頭的排列組合、遍佈石頭上的真菌、佇立四周的枯木，甚至從未變動的佈局和湖水中的倒影都透著靈性。

他認為，湖水和石牆千百年來散發出的氣息正在凝結，寂然無聲地潛伏在糾纏不清的可怕影響力中。幾百年來主宰著他家族的命運害他變成了眼下這副模樣。我對這樣的看法無須發表任何評論，也不會妄加評論。這段日子，我們研讀的書籍也與這種幻想不謀而合。不難想像，多年來這樣的書籍對病人精神狀態的影響。

我們一同仔細閱讀的書有：格李塞的《翠鳥與修道院》、馬基雅維利的

《魔王》、斯威登堡的《天堂與地獄》、霍爾堡的《尼古拉・寇里姆的地下之旅》、羅伯特・弗拉德、讓・但達涅與德・拉・尚布林合著的《手相術》、狄克的《憂鬱之旅》、康帕內勒的《太陽城》等。

我們共同喜愛的是教士愛梅里科・德・蓋朗尼著的《宗教法庭手冊》。其中，《龐波尼斯・梅拉》中關於古代非洲森林之身和牧羊神的章節，能讓亞瑟如癡如醉地看上好幾個小時。

不過他最愛的，還是那本珍貴的黑體四開奇書：《梅因茨教會合唱本之悼亡預日經》。那是一本早就被人遺忘的教堂手冊。這本書讓我想起他通知我噩耗的那個夜晚。他毫無預兆地通知我瑪德琳小姐去世了，又說打算將妹妹的屍體放在府邸主樓的一間地窖中十四天。而正是那本奇書中瘋狂的儀式令這位憂鬱症患者選擇了如此奇特的做法。

當然他這樣做自有其世俗的理由，我不便隨意質疑。他說他一想到死去的妹妹那非同尋常的病和醫生冒失殷切的探問，再想到要把可愛的妹妹葬進偏遠冰冷的祖墳之中，他就決定要這樣做了。

這讓我不禁想起剛到亞瑟家那天，在樓梯上看到醫生時他那陰鬱的臉色。我不願意反對他，畢竟他的做法沒有傷害到任何人，也稱不上有悖於常理。

我遵從亞瑟的要求，親自幫他料理了喪禮的相關事宜，我們抬著裝有瑪德琳小姐屍體的棺槨，緩緩走向準備好的安放之處。

由於多年未曾開啟，地窖中的空氣稀薄，連火把也差點熄滅。我們誰也沒仔細看一看這地窖，只覺得它狹小黑暗，潮濕沉悶。它的上面正對著我的臥室。地窖通向外面長廊的四壁和地板，連同那扇沉重的鐵門都包裹著黃銅。

顯然，這地窖在遙遠的封建時代曾扮演著死牢的角色，近些年才漸漸改建成庫房，存放火藥或者其他易燃的物品。伴著鐵門開合傳出的刺耳嘎吱聲，我們把那令人悲傷的黑黝黝的棺槨放在可怕的地窖裡。為了最後一次瞻仰遺容，我們緩緩地移開尚未釘上的棺蓋。

這是我第一次注意到他們兄妹二人在樣貌上是如此相似。大概亞瑟看出了我的詫異，低聲解釋了一下。我才知道，他與死者是孿生兄妹，兩人天性裡有著許多不可思議的共同之處，是彼此惺惺相惜的那種相通。

出於對死者的敬畏，我們的視線並沒有在她身上逗留太久。她在最美好的年華被疾病奪去生命，屍體看上去與所有患有嚴重硬化症的人一樣。她的胸口和臉上還似乎泛著淡淡的紅暈，而嘴角卻泛起一絲詭異的笑容，格外駭人。我們重新蓋好棺蓋，釘牢釘子，心情沉痛地回到上面的房間。但那裡似乎比地窖好不了多少。

悲慟欲絕地過了幾天，亞瑟精神紊亂的病徵發生了顯著的變化。他忘了平日裡要做的事，就連行為舉止也迥然不同。他像是要逃離什麼似的，從一間屋子晃蕩到另一間，步伐淩亂而倉促。他原本病態蒼白的臉色更加蒼白，如屍體一樣呈死灰，本來明亮的眸子，也徹底黯淡了。我再也聽不到他那喑啞的嗓音，現在的他說起話來像是受到了驚嚇一樣顫抖。有時候，我真覺得他是因為心中藏著什麼令人壓抑的祕密，才如此不安，想要鼓足勇氣傾吐；有時候，我又覺得一切只不過是他的幻想，因為我親眼目睹他對著空無一物的地方苦苦凝視，好像在聆聽什麼。

他的表現嚇壞了我，也感染了我。我覺得他身上那股荒誕迷信的氣息，正一寸寸地潛入我的心底。

這樣的感覺在瑪德琳小姐停放在主樓地窖的第七個還是第八個深夜裡顯得尤為深刻。時間一分一秒地過去，我在床上輾轉難眠。我拼命排解心中的緊張，努力地說服自己，如果不是因為房間裡蠱惑人心的傢俱和破爛的黑帷幔，我不會這樣。

06

那正是暴風雨前夕，狂風吹得黑帷幔在牆上飄搖，拍打著床邊的飾物發出窸窸窣窣的聲音。可是我的努力無濟於事，我開始難以抑制地全身顫抖，一個恐怖可怕的夢魘壓了上來。

我喘息著，掙扎著，廝打著，終於掙脫了它。我趕忙起身，房間黑漆漆的，什麼也看不見，我只好仔細傾聽。當人處於黑暗中時，總是迫切地希望聽覺能幫助自己。

我聽到某個低沉又模糊的聲音，它總是在暴風雨停歇時響起，沒有規律，沒有來源。強烈的恐懼感鋪天蓋地地湧來，嚇得我連忙穿起衣服，焦急地在房間裡來回踱步，想把自己從可憐的境地中解脫出來。我剛走上幾步，就聽見附近的樓梯傳來細微的腳步聲。我不由得精神緊張，豎起耳朵，生怕那是可怕的怪獸。好一會兒後，才辨別出那是亞瑟的腳步聲。

一轉眼，他來到我門前。他輕輕敲了敲房門，就提著一盞燈走了進來。昏暗的燈下，他的面色照舊一片死灰，眼睛卻是狂喜，他似乎壓抑著病態的歇斯底里，朝我走來。雖然他的樣子讓我害怕，但自從他走進這屋子，我似乎感覺安心了。

「你沒看到嗎？」他環顧四周後，突然說道。他像是為了向我證明什麼，小心謹慎地遮好燈，快步走到一扇窗子前，霍地打開，嘴裡說著：「難道你那會兒什麼都沒看到？別著急，你馬上會看到的。」窗外，暴風雨正咆哮著。一陣強風襲來，幾乎要把我們掀翻。雖然說有暴風雨，但那天的天空既美麗又透著恐懼。越積越厚的烏雲像山一樣聚集，低垂著，壓向高高的塔樓。透過濃密的烏雲可以看見雲層的活動，雲朵從四邊八方聚集而來，彼此衝撞，卻沒有一個能逃離中心。

天空黑得像被濃稠的墨汁潑過，沒有星星和月亮，更沒有該出現的閃電。整個亞瑟府被繚繞的霧氣遮住了模樣。而那霧氣卻讓人看得一清二楚，它帶著微弱的光亮，閃閃爍爍，好似烏雲下面和周遭的地面都忽暗忽明地閃著微弱的光。

「不，不要看，你不該看這個！」我顫抖著大聲對亞瑟說，不知從哪生出一股力氣，把他從窗邊拉到座位上。「別再看了，那不過是尋常的電光現象，要不就是山中湖面瘴氣彌漫的緣故。你身體不好，天氣寒冷，快關上窗。這兒有部你喜歡的傳奇，我唸給你聽。我們就這麼一起度過這個可怕的夜晚吧！」我的聲音也有些激動，我拿起了那本古書，那是勞施勞忒・坤寧爵士的《瘋狂的盛典》，不過這可不是亞瑟喜歡的風格，我那樣說只不過是苦中作樂的說辭。

我的朋友亞瑟十分孤高，思想空靈，而這書言語粗俗、想像力貧弱、且冗長無趣。但這是我手頭僅有的一部書，我懷著一絲僥倖，也許這樣荒唐透頂的情節能讓眼下興奮又罹患憂鬱症的亞瑟得到些許的解脫。在我所知的精神紊亂史上有類似的情況。如果能在他聽故事的時候判斷他是真的在聽還是表面在聽，我就可以慶賀自己的妙計成功了。

邊想著，我已經唸到最有名的那個段落了。它講的是故事主人公艾瑟爾雷德殫精竭慮地想和平進入隱士居所，失敗後付諸武力強行闖進去的事。關於主人公使用武力的那段情節是這樣：

「生性勇猛剛強的艾瑟爾雷德灌了幾杯酒後，借著酒勁不再與隱士多費口舌。隱士也是個固執倔強、心狠手辣的人。滴落在艾瑟爾雷德肩上的雨點，昭示著暴風雨的來臨，他立刻掄起手中的鐵錘，照著大門猛砸幾下，厚厚的門板上很快出現了一個窟窿。他將套著臂鎧的手伸了進去，使勁兒一拉，『劈啪』一聲，門被撕裂了。伴著乾燥空洞的破裂聲，木板被扯了個粉碎，那聲音在森林裡迴蕩著，讓人心發慌。」

唸完這段話，我吃驚地頓住了，因為我彷彿聽見從府邸的某個角落傳來模糊的回聲，與文中描述的一模一樣。

雖然我很快就斷定是自己過於激動而產生了錯覺，但這樣的巧合還是吸引了我的注意。與風吹打窗子，且混著嘈雜之音仍在加劇的風暴聲相比而言，那細微模糊的聲音真的不算什麼。我很快就安下心繼續唸。

「英勇好戰的艾瑟爾雷德闖進門來，卻不見那隱士的蹤跡，不由得怒火中燒，暗暗地震驚。不過他看見一座黃金建造的宮殿，前面一條口吐火舌、通體鱗甲的巨龍正蹲守在那裡。那座豪華的宮殿，就連地板也是白銀鋪築而成的。放眼望去，牆面上掛著一個黃澄澄的黃銅盾牌，上面刻著：

唯勇士得入此門

唯屠龍取此良器

艾瑟爾雷德揮舞著鐵錘與那巨龍搏鬥，只見他一錘擊中龍頭，那龍頭隨之落地，滾到他的面前，尖叫著噴出一股毒氣。撕心裂肺的叫聲淒厲刺耳，艾瑟爾雷德不得不用雙手掩住耳朵，抵禦著聞所未聞的可怕聲音。」

唸到這裡，我聽了一會兒，心中大為震驚。那一刻，就在我唸完的那一刻，分明從老遠的地方傳來一個微弱但刺耳的聲音，那聲音拖得很長，且聽得出那是不尋常的尖叫或摩擦聲。這難道還是巧合嗎？讀著那傳奇作家的描寫，腦海中正幻想著巨龍的尖叫聲，耳邊就立刻出現一絲不差的聲音。的確，又發生了如此湊巧的事，我心中如翻江倒海一般，但又要維持著足夠的鎮定，以免刺激到我那位神經敏感的夥伴。

儘管這短暫的幾分鐘內，亞瑟的舉止出現了奇特的變化，可是我仍不能肯定他是否也已經注意到了這些聲音。之前他緩緩地將凳子轉開，身子側對著我，面朝房門，瑟瑟發抖。他嘴裡叨唸著什麼，頭一直垂到胸口。他彷彿受了巨大的驚嚇，眼睜得大大的，整個身體也開始輕微地左右搖晃。

我能肯定他沒有睡著，迅速將一切收入眼底，繼續閱讀勞施勞忒爵士的文章。故事進展到了更怪誕的地方：

「鬥士避開了巨龍不甘的狂怒，他想起了掛在牆上的魔法黃銅盾牌。為了破除魔法，他移開橫在面前的龍屍，勇敢地邁上城堡的白銀地板，向盾牌走去。還沒等他靠近，那盾牌就掉到他的腳邊，砸得地板發出震天的聲響。」

在我念出這些音節的同時，霎時間，就像是真的有個黃銅盾牌重重地落在地板上一樣，外面清晰傳來金屬撞擊時發出的特有的空洞沉悶的聲音。我嚇得六神無主，一躍而起。

亞瑟依舊有一下沒一下地搖晃著身體，我直直地衝過去，發現他正用雙眼直勾勾地盯著眼前的地板。當我的手放到他的肩上時，他開始猛烈地戰慄起來，嘴角浮現出一絲扭曲慘澹的微笑。

他結結巴巴地嘟囔著，聲音急促而低沉，好像一個人在房間自言自語。我湊了上去，仔細辨明，卻一下子理解了他話中的可怕含義。

「沒聽到？我聽見了，早就聽見了，幾分鐘，幾小時，不，這聲音折磨了我好多天了。可是，我不敢，我不敢說。可憐可憐我吧，我真是個可憐人，我什麼都沒做。我們，我們把她活葬啦！我們把她孤零零地留在棺材裡，留在黑漆漆的地窖裡。我不是說過我感覺敏銳嗎？」

「現在我告訴你，那是她在棺材裡弄的動靜，我都聽到了，我好幾天前就聽到了。我不敢，我不敢說。可是現在，今晚……哈哈，埃德爾雷德……隱士的門破裂了，巨龍臨死前的慘叫，盾牌掉在地上……哈！哈！你不如說她出來了，那是她撕破棺材的聲音，是她推開地牢鐵門的摩擦聲，是她在黃銅廊道裡掙扎的聲音！我們，我們該往哪逃？難道她不會馬上來嗎？」

「聽，腳步聲，老天，難道不是她來責問我嗎？責問我的草率，你聽，你仔細聽。聽到那上樓的聲音了嗎？聽見她沉重可怕的心跳了嗎？瘋子！都是瘋子！」他猛地跳起來，撕心裂肺地嘶吼：「瘋子，告訴你，她就站在門外，就站在那裡！」

從他口中發出的尖叫聲，像是有種符咒的魔力。他用顫抖的手指著的那扇古舊笨重的黑檀木門，而那門竟然緩緩地裂開了一條縫隙。那是疾風刮開的，我剛想安慰自己。殊不知，那扇門外果真站著身形高挑的瑪德琳小姐。她穿著白色壽衣，上面滿是已經凝成塊的血跡污痕。她瘦削的身體上到處都是苦苦掙扎的痕跡。她就站在那裡，在門檻那裡震顫抖動著，然後前後搖晃了一陣，伴隨著低聲的呻吟便重重地朝他哥哥的身上倒了下去。

她終於成了一具真正的死屍，而在這痛苦的一擊中，亞瑟跌倒在地。

他被嚇死了，如他自己早先預料的一樣。我膽戰心驚，拼命地奔跑，我要逃出那間屋子，逃出亞瑟府。直到踏上堤道，我才稍稍安心。

正在這時，我身後的亞瑟府突然射出一束奇怪的光，仔細看才發現它來自天上那輪殘紅的滿月。月光沿著古老的亞瑟府垣壁的那條裂縫照了過來，彎彎曲曲地從屋頂向地面延伸。就在我凝視的時候，那裂縫突然裂開，愈來愈寬，伴著震天驚地的巨響，高大的亞瑟府就此崩裂為碎片。

那幽深陰冷的山中小湖，無聲地淹沒了已成殘垣瓦礫的亞瑟府。

驚悚大師愛倫坡

Allan Poe

05 梅岑格斯泰男爵

梅岑格斯泰和伯里菲茨因兩大傑出家族已經有幾百年不共戴天的仇史，他們之間的夙怨據說源於一個遙遠而模糊的預言：「一個貴冑世族將如同騎士從馬背跌落一樣就此隕落，在梅岑格斯泰註定擊敗不可一世的伯里菲茨因之時。」

這些話本身也許並無意義，卻引起了嚴重的後果。世間不少仇恨即是如此，起因不過是一件極細小的事情。同時，這地產相鄰的兩個家族均有一定的政府勢力，免不了明爭暗鬥。伯里菲茨因家的人可以從自家城堡裡望到梅岑格斯泰府的每扇窗戶，梅岑格斯泰家族世襲的榮華富貴讓家譜沒那麼久遠、財產沒那麼豐厚的伯里菲茨因家的人大受刺激。

究竟是什麼讓一則無聊的預言成為兩個家族互相仇視的起因？預言似乎暗示最終的勝利將屬於梅岑格斯泰家族，而已經衰微的伯里菲茨因家族將更加衰敗。試問伯里菲茨因家族的人又怎能不對梅岑格斯泰家族恨之入骨呢？

這裡所要講述的故事發生在威廉．伯里菲茨因伯爵老邁糊塗的時候。

儘管時光銷蝕了部分仇恨，這位伯爵依然與梅岑格斯泰家族不共戴天。伯爵鍾情於騎馬打獵，年老體衰與精力不濟也無法使他捨棄這項冒險的愛好，他的對頭是梅岑格斯泰家族正當少年的弗里德利，人稱梅氏男爵。

05 梅岑格斯泰男爵

弗里德利的父母在英年時相繼去世，當時，他還只有十八歲。在都市裡，十八歲算是稚嫩的年齡，但在遠離都市文明的古老封地，即這段故事發生的地方，情況就不同了。

在這裡，古老的鐘擺每擺動一下，都顯示出異乎尋常的意味。年輕的男爵在父親政壇故舊的提攜下，不久就接管了龐大的家產。自古以來，很少有匈牙利貴族能擁有這麼多的財富。男爵的城堡不計其數，而梅岑格斯泰府的富麗堂皇更是能與宮殿媲美；男爵封地又非常遼闊，城堡外廣袤的土地都是他的轄區。

這位繼承人在如此年輕的時候，就擁有了一切，但沒有人想到該教他為人處世的道理。因此，僅三天時間，這位殘暴的繼承者就讓所有擁護他的人感到失望：他行為放蕩，無任何信義可言，對待下人更是暴虐無度。梅府那些可憐的奴僕們很快就明白了，在這樣殘暴的主人面前，只能唯命是從，否則就會遭到最殘酷的懲罰。而當伯里菲茨因府的馬廄失火，人們首先想到放火的人就是這位殘暴的男爵。

其實這確實有點誤會了男爵，因為伯家失火時，他正獨自在梅府頂樓大房間裡冥想。那房間裡懸掛著已經褪色的壁毯，襯托得整個房間陰森恐怖，房內似乎遊蕩著祖先們的影子，他們曾經顯赫一時，在房內則略顯模糊，但仍不失莊嚴。

一塊壁毯上織著教士與君王們，身著華貴長袍的教士們神聖而又冷漠，他們拒絕世俗國王的要求。另一塊壁毯上則織著高高在上的梅氏祖先們，他們跨著戰馬將敵人踩在腳下，威風凜凜，讓人心生敬畏。而其他的壁毯上則織著反映上流社會奢侈生活與優雅風度的圖案，這一切都讓整個房間顯得虛幻。

當伯家馬廄那邊的嘈雜聲傳到男爵耳邊時，他並沒有在意。也許當時他正想到某個故事或是一些冒險行為，他像是受到某種感應般望著壁毯上織的一匹色澤亮麗的駿馬。這匹馬是伯家一位祖先的坐騎，它位於壁毯上的顯著位置，背上的騎手已經被梅氏祖先刺死，而它則高大挺拔，靜止不動。殘忍的表情掛上男爵的臉，他已經無法使自己的眼睛從壁毯上挪開，在他心裡有一個無比強烈的願望，就是盯住那匹馬。

他無法解釋自己這種難以抑制的衝動，以至於分不清自己到底是處在現實世界還是在夢幻中。他就這樣陷進去，癡迷地看著壁毯上的馬，直到他迫使自己看向窗外。只是短暫地望了窗外一眼，男爵又重新盯著牆上的壁毯，這時令他驚悚的事情發生了：

牆上的駿馬竟然動了！它原本彎著脖子靠在主人身上，似乎充滿了無限同情，而此刻它卻朝著男爵把脖子立了起來，還揚得很高。它用充滿仇恨的赤色眼睛，看向男爵，甚至張開了嘴，露出了滿口的牙。年輕的男爵被嚇壞了，他驚慌失措地打開門。這時，只見一道紅光閃過，他的影子投影在房間深處的壁毯上。男爵忍不住回頭看那影子，卻發現影子竟然落在壁毯上那位因殺死伯氏祖先而得意萬分的梅氏祖先身上。

他踉踉蹌蹌地跨過門檻，一口氣走出了梅府的大門，本來想在大門口透氣定神，但是在門口臺階處有三個馬夫正在吵吵嚷嚷地制伏一匹棗紅色大馬，這又把他吸引了過去。男爵憤怒地問道：「這是誰家的馬？你們在哪裡碰到的？」他在看到馬的瞬間就發現，它和自己在壁毯上看到的那匹馬是如此相似。

「我們不知道是誰的，」一個馬夫答道，「到現在還沒人認領。最初我們看到它從伯府跑出來，就把它送了回去，可伯府的人說這不是他們的馬，怪了。」

另一個馬夫也在一旁插嘴：「你看這裡還刺著W．V．B呢，應該是威廉．

馮．伯里菲茨因這個名字的縮寫才對，伯府竟然沒人知道有這匹馬。」

「是挺奇怪的。」

年輕的男爵又陷入沉思中，開始自言自語：「很對，這是匹怪馬，我一定要這匹馬！」停頓一會兒男爵又開始說：「只有我梅氏家族的弗里德利才能馴服這個伯府的惡魔。」

馬夫在一旁插話道：「老爺，這匹馬不是伯府的，不然我們就把它送回去了。它是您的！」

「說得對！」男爵看著馬夫們冷漠地回答。

正在這時，梅府的一個內室小僮慌慌張張地跑了過來，在主人耳邊小聲地報告說，他負責料理的頂樓最大房間不見了一塊壁毯，正是織了駿馬的那幅。小僮雖然壓低了聲音說話，卻還是被馬夫們聽到了。

年輕的男爵聽完後，有一小段時間顯得焦躁不安，但他很快就鎮定下來，下令小僮立刻鎖上那間房子，同時把鑰匙交給他親自保管。小僮立刻去做主人交代的事情，而馬夫們也牽著那匹大馬去了馬廄。

一個僕人在此刻問男爵：「您聽說了威廉老伯爵的慘死嗎？」

「沒，」男爵把頭迅速轉向這個問話的僕人，說「慘死？他死了？」

「的確是真的，我以您高貴的姓氏發誓。不過我覺得這是好事呢。」僕人諂媚地回答道。

男爵的臉上有了一絲微笑，繼續問：「他怎麼死的？」

「他為了救一匹打獵用的愛馬，竟被大火活活燒死了。」

「是嗎？」男爵顯得異常興奮，突然大叫起來。

「真的。」僕人回答道。

「真可怕！」男爵恢復了平靜，然後默默地走回梅府。

從那天起，年輕的男爵弗里德利．馮．梅岑格斯泰變得更加放蕩不羈。他讓所有人都失望，曾幻想嫁給他的淑女們也打消了這種念頭。他和上流社會隔離開來，變得特立獨行，除了自己的領地，任何地方都不去，他在社交界銷聲匿跡了。

現在，他的朋友只有一個，就是他獲得的那匹與眾不同的棗紅色駿馬。一直以來，上流社會大都會定期發出邀請，請男爵參加聚會或者一同打獵，但這些邀請一概被男爵傲慢地拒絕。而一再的回絕讓所有同樣傲慢的貴族無法忍受，他們慢慢地停止了對年輕男爵的邀請。伯氏伯爵的寡婦曾這樣抱怨：「大家希望男爵出來參與聚會的時候，他肯定在家。他不願與同類交往，男爵更喜歡跟馬做伴，他會在眾人盼他出現時去騎馬。」

這些話無疑已經表達出伯爵夫人的怨恨，但又顯得那麼淺薄而沒有任何意義。原先，仁慈的人們把年輕男爵的異常歸結於他雙親早逝的巨大悲痛上。然而，男爵在短期內所表現出的殘暴讓人們忘記了對他的同情，不少人覺得，男爵的過分行為源於他特別自負，而另外的人則認為男爵應該得了抑鬱症，有精神上的疾病，就連男爵的家庭醫生也對此持肯定意見。關於男爵，坊間還流傳著許多不同的說法。男爵確實對新得的這匹馬有著不同尋常的依戀，以至於在正常人眼中，這已經是一種讓人覺得恐怖的行為。年輕的男爵會在任何一個時間，不管身體處於何種狀態，都沉溺在駕馭駿馬的快樂當中，他和這匹駿馬已然合二為一了。

這一切，都為隨後發生的事增添了神祕的氣氛。

男爵曾精確地測量出這匹馬縱身一躍的距離，這種精確超出人的想像。男爵給所有的馬都取了名字，偏偏這匹馬他卻沒有取。它被單獨養在遠離其他馬匹的馬廄裡，男爵包攬了餵馬之類的所有雜活，從來不許任何人跨進這個特殊馬廄的圍欄。

令人驚訝的是，儘管是那三個馬夫撞到了從伯府大火中逃出的這匹馬並逮住了它，但任何一個馬夫都不敢肯定自己曾用手觸碰過這匹馬。這匹暴烈的駿馬此時還未表現出其特異功能，但已有些跡象迫使人們想像：每當這匹馬狂蹬亂踢時，就會把圍觀的人群嚇得目瞪口呆，年輕的男爵此刻會臉色蒼白，想盡辦法來躲避這畜牲像是在四處尋找著什麼的眼睛。

幾乎所有僕人都肯定，男爵對這匹性情暴躁的駿馬情有獨鍾。但一個地位卑賤的小僮並不這麼認為，他覺得主人每次躍上馬鞍時總會輕微哆嗦，而每次長時間駕馬狂奔後，主人所流露出的勝利喜悅和自得的表情總會讓他的整個臉部變形。不過，這個小僮身患殘疾，又受人討厭，因此沒人在意他的看法。

一個暴風雨之夜，梅氏男爵從熟睡中醒來，他瘋了似的衝出臥室，騎馬直奔森林深處。男爵的表現一向如此，所以根本沒人留意。幾個小時之後，宮殿般的梅府忽然起了火，大火燒得圍牆搖搖欲墜，滾滾濃煙形成稠密的煙霧。鄰居們都心急地盼著他回來。

人們發現梅府失火時，其火勢就已經蔓延開來，根本無法撲滅。不知所措的鄰居們站在梅府四周，卻驚訝地看到那匹馬馱著狼狽不堪的男爵順著梅府正門老橡樹的林蔭長道狂奔而來。

這匹馬此刻完全展示出它的兇猛暴躁，像極了傳說中能夠呼風喚雨的惡魔。男爵已完全無法控制這匹烈馬，他的臉部表情極其痛苦，身體拼命掙扎，卻沒有任何聲音，而恐懼和緊張又迫使他緊咬自己的嘴唇。很快，烈馬就衝進了梅府的院子，衝過梅府的大門和護院的深溝，踩上了快要坍塌的樓梯，帶著年輕的男爵，縱身躍進了漫天的大火中。人們都還沒回過神來，似乎馬蹄聲還在耳邊迴響，但是烈馬和男爵已經消失不見。

狂風暴雨停止了，緊接著是一片靜謐。四周升起一團白色的煙霧，像裹屍布般包圍住梅府，然後又漸漸遠去，留下一團騰起的彷彿馬的影像的煙雲，靜靜縈繞在梅府的上空。

06 莫斯克海峽浮沉記

現在我們已經爬上了最高的懸崖頂端，老人累得好長時間都說不出話。過了好一會兒，他終於開口：「我本來可以像我的兒子們那樣給你帶路。但是三年前，我遇見了一件誰也沒遇見的事，至少碰見這事的人都沒有活下來。我經歷的噩夢般的六個小時讓我崩潰了。你以為我很老，其實我根本不老。不到一天的時間，我的頭髮就都白了，胳膊、腿也沒勁了，現在我稍稍一動就哆嗦，看見黑影就恐懼。現在我往下望，就會感到非常恐懼。」

他毫不在意地臥倒在一塊大石頭上，所處的位置，只有靠胳膊肘勾著光滑的岩石才不至於滾下山崖。

這個地方是一塊突兀的、四周無阻攔的黑色巨岩。就連距離崖邊五米的地方，我都不敢過去，所以他所在的危險位置讓我心驚肉跳。我不禁撲倒在地，緊緊抓著身邊的灌木，連頭都不敢抬，總覺得一陣風就能把大山吹倒。我知道這種想法很愚蠢，但我卻不能不想。

過了很長時間，我才鼓起勇氣坐起來，眺望遠方。

「你必須克服恐懼感，」嚮導說，「我已經把你帶到這了，你能親眼看到我所說的事情的發生地。我也可以在現場給你講這個故事。」接著，他以自己特有的方式說：「我們現在在北緯六十八度，靠近挪威海岸，位於大諾爾藍郡的洛夫頓區。我們現在坐在克勞迪山的黑耳塞根峰上，現在你把身體挺直，如果覺得頭暈，就抓住身邊的草。你往雲霧彼端看，那裡有大海。」

我眩暈地望去，那裡是一片廣闊的海，水是黑色的。這不由得讓我想起了努比亞地理學家對黑海的形容，一片汪洋，難以想像的荒涼，目光所及皆是懸崖峭壁，海上驚濤拍岸、兇險萬分。正對我們大約五、六英里的海上，隱約可見一座荒涼的小島。經由包圍它的白浪花，我才確認了它的位置。島嶼和陸地之間，有一些更小的小島，它們礁石遍佈，寸草不生，全都是黑色石頭。

遠處的島嶼和海岸之間是一片汪洋，此時，勁風從海上吹來，遠處的海面上一艘雙桅帆船放下了全部船帆，在波浪中掙扎。岸邊沒有什麼潮汐，只有不定向的波濤迅速湧來，毫無規律地拍打著海岸。波濤中沒有泡沫，只有在礁石上激起的白浪。

老人又說道：「挪威人把遠些的那個島嶼叫武爾格，近些的叫莫斯克，北邊的是安巴倫，那邊的是伊芙來森島、霍伊霍爾姆島、基爾多爾姆島、蘇瓦爾文島和布克爾姆島。那邊，兀爾格島和莫斯克島之間是奧爾德霍姆島、弗里曼格島、桑迪弗萊森島和斯卡霍爾姆島。」

「我說的這些都是小島的真名，但我不知道人們給礁石取名字的原因。你聽見什麼聲音了沒有？你發現海上的變化了嗎？」

我看見海浪澎湃向前，速度越來越快，五分鐘後，遠至武爾格島的整個海面上都掀起波浪。巨大的海浪互相撞擊，變成無數大漩渦，一瀉千里向東流去，撞擊形成的轟鳴聲震耳欲聾，咆哮聲最大的是莫斯克島一帶的海面。

幾分鐘後，海面的情況發生巨變。整個海面迅速平靜，漩渦都消失了。那些原來沒有海浪的區域出現了層層海浪，它們向遠方散去，匯合成了一個更大的漩渦。

突然間，一個明顯的直徑約有一英里的大漩渦出現了，它的外沿是浪花構成的水帶，浪花一滴也不向裡溢；裡圈是一道與海面成四十五度角的漆黑水牆。漩渦飛轉，發出可怕的咆哮聲，就像是尼亞拉加大瀑布的轟響。大山都在顫動，岩石都在發抖，我嚇得面如死灰，趕緊趴下，抓住地上的青草。

我問老人：「這就是有名的麥爾海峽大漩渦？」

老人答道：「有時候就這麼叫它，我們挪威人把從莫斯克島到這裡的這片海域叫莫斯克海峽。」

以前，我也聽到過一些關於這個大漩渦的描述，但是我絕沒有想過它會是這樣。在很多關於大漩渦的描述中，若納斯．拉米斯的描述最詳細，但即使他的描述也無法描繪出真實場景的半分雄壯。

我不知道作家是在何時何地看到這個大漩渦的，但我敢肯定，他絕對不是在大風暴期間，也絕不會是從黑耳塞根峰頂向下看。儘管如此，他的描述中還有部分可以引用：

「洛夫頓和莫斯克島之間的海峽水深六、七十米，但莫斯克島和武爾格島之間的海水很淺，所以這片水成為危險航道，即使風平浪靜時，船隻也可能觸礁。大潮到來，海水倒灌進洛夫頓和莫斯克島之間的海峽。潮水退回的情景同樣雄偉，巨響震耳欲聾，聲傳千里。它形成的漩渦又大又深，船隻一旦陷入，就會被捲入海底，被礁石擊碎。直到潮水平息，船隻碎片才會被拋上海面。短暫的平靜之後，海水會重新集結，若有風暴助威，那麼即便距離此地一英里，都有危險。」

「許多船隻都曾因不小心靠近漩渦而被吞沒，也常有鯨魚因為遊得過近而被困，它奮力掙扎卻無濟於事。有一回，一頭熊從洛夫頓游向莫斯克島，途中誤入漩渦，也被捲入海底，掙扎的吼叫聲淒厲嚇人，浮上來的時候已經被礁石碰撞得面目全非。海水的運動受潮汐的影響，六小時是一個週期。」

一六四五年的某個星期天早晨，潮水來得極為兇猛，岸邊的房子都被咆哮聲震塌了。海水的深度，我不知道作者是怎麼測量出來的，但是麥爾海峽中央的水深一定比六、七十米要深得多。我站在峰頂上向下看咆哮的海水時，覺得即使最大的船進入漩渦，也立刻會像風中的羽毛一般被海水吞沒。雖然人們很難對這裡的自然現象做出解釋，但人們普遍認同《大不列顛百科全書》中的說法：

「這裡的大漩渦和其他一些小漩渦都是因為，潮汐時海浪撞擊礁石，由於海底無法延展，使得海浪躍起得越高，海水陷入得越深，於是形成了漩渦。」

這可以透過小規模實驗進一步瞭解。德國科學家基歇爾和其他科學家，則更加大膽地假設，提出麥爾海峽底下是一個深淵，直通地底，另一端可能是波的尼亞海灣。儘管這種說法沒有根據，但當我注視下方時，還是不禁想起了這種說法。嚮導告訴我，挪威人也相信這種說法，但他本人不敢苟同。

事實上，當你面對著雷鳴般轟響的深淵，你覺得什麼理論都已經不重要了。

老人說：「你已經看過這個漩渦了，現在爬到懸崖的另一面，我給你講個故事。」我照做了，他接著講道：

「以前，我和我的兩個兄弟有艘載重七十噸的雙桅帆船，我們常常去莫斯克島和武爾格島之間的水域打魚。那裡海潮兇猛，但只要敢闖，都能滿載而歸。附近的漁民只有我們三兄弟敢去那裡，其他漁夫都去不太危險的地方，而我們去的那些礁石群裡，魚的數量和種類都很多，我們在以生命為代價謀取更多的收穫。

我們把漁船停在距此五英里的海岸，每逢天氣良好的時候，會有十五分鐘的平潮，我們就趁這個空檔，渡過海峽，在奧爾德霍姆島附近拋錨打魚，然後等下一個平潮再駛回來。只有來回都是橫向風，我們才敢出海，我們對風向的判斷很少失誤。六年當中，只有兩次我們無法在無風的情況下渡過海峽，而在海上過了通宵。

還有一次，我們一到漁場就刮起了大風，可怕極了，滔天的波浪把我們困在海上一個星期，差點餓死。大漩渦把我們的船旋轉起來，我們以為要被驅逐到大洋裡去了，幸好遇見了橫向風，我們才得以生還。

我們在海上遇見的危險難以形容，但是很多時候都能化險為夷，平安歸來。很多次都是我們剛回來，海潮就追上來了；還有的時候，風力不足，海流讓船變得不聽使喚。我大哥有個十八歲的兒子，我也有兩個健壯的兒子，但是我們不願讓他們上船幫忙，因為我不想讓他們冒此風險。而我要講的是近三年前的事情。

那是三年前的七月十日。這一帶的人都不會忘記那天，因為那天刮起了兇猛的颱風。那天，整個上午和下午都陽光明媚清風徐徐，所以誰都沒有預料到天氣會突變。

下午兩點，我們兄弟將船駛到群島附近，很快，船上就載滿了魚。七點的時候，我們返航，想趁八點的平潮渡過海峽。

起航時，新起的風吹著我們的右舷。有一段時間，船乘風破浪，海上沒有半點危險的跡象。忽然，一陣從黑耳塞根峰刮來的風讓我們察覺出問題，這陣風不同尋常，我們頂風前進，加上海潮的影響，船幾乎無法前行。我建議掉頭，但往船尾一看，發現後方籠罩著黃色的雲彩，它們以驚人的速度迅速上升。

這時，頂風停了，船也停了，我們隨波逐流了一小會兒，還沒來得及想對策，風暴就突然襲來。一時間，黑雲壓頂，浪花飛濺，四周一片漆黑，我們甚至都看不見彼此。這種颱風，挪威最老的水手也沒經歷過。我們在起風前收起了船帆，當第一陣風刮來，桅杆就被吹斷了。當時我弟弟正在捆綁主桅，他也跟著桅杆飛走了。

我們的船就像是水中的羽毛。甲板很平，船頭附近有一個艙房，每逢橫渡海峽時，我們都把艙口封住以防進水。這一回如果我們沒有封，船恐怕早就下沉了。好幾回，整艘船都陷入波浪。我根本沒有機會去看哥哥的情況，一鬆開手裡的前帆，就撲倒在甲板上，出於本能，我雙手緊緊抓住桅杆基部的螺絲鐵環。

當我們完全被水淹沒時，我屏住氣，實在憋不住，就跪起來，雙手仍然緊抓鐵環，把頭露出水面。我努力擺脫自己的麻痺感，盡力作出判斷。

突然，我覺得有人抓住了我的胳膊，原來是哥哥。我有瞬間的高興，然後又被恐懼淹沒，他大聲喊：『莫斯克海峽！』我渾身發抖，我知道他想告訴我什麼。我們沒救了！橫渡海峽時，即使風平浪靜，我們也不敢掉以輕心，何況今天這樣的天氣。

我想，我們肯定會在平潮來時到達，但轉眼就開始罵自己蠢，卻還是儘量讓自己抱著這麼不切實際的希望。我很清楚，我們就要完了，即使巨輪也逃不過這劫難。其實，第一輪大風暴正在進行，因為我們在風暴前面，所以沒什麼感覺。剛才向前奔湧的大海現在聳起了高山般的海浪，周圍依然漆黑，忽然頭頂上方的烏雲裂開了，露出一片圓形的晴空。這樣晴的、深藍的天，這樣明亮的滿月，我從來沒見過。

月光照亮了周圍的景象，我想跟哥哥說話，但他一個字也聽不到，他臉色慘白，做出了一個聽的動作。我開始沒明白，陡然間我的腦海中閃出了可怕的念頭，我掏出懷錶，然後淚流滿面。七點，錶裡的發條走完了，我們沒有趕上平潮，莫斯克大漩渦已經開始了。

我們一直乘風破浪，但過了一會兒，巨大的海浪向我們襲來，海浪隆起，也把我們帶上了天；浪頭落下，我們又跟著滑入深谷。我頭暈目眩，反復從夢中的高山上跌下。我在浪尖時四下看了一眼，迅速找出了我們的準確位置，我們距離莫斯克漩渦還有四百米，但此時的莫斯克海峽和平常已經不一樣了。我驚恐地閉上了眼睛。

兩分鐘後，海浪突然平息，我們被泡沫包圍。船猛向左轉，尖銳的聲音蓋住了海浪的轟鳴，我們被捲入了大漩渦周圍的淺浪。我想到，我們馬上就會被拋入深淵，在飛降中，我們只能模糊地看到深淵的模樣。

船沒有沉入水中，而是從浪尖掠過，左側的巨浪把我們同水平線隔開，右側挨著大漩渦。說來奇怪，即將被大漩渦吞沒的時候，我反而鎮定了，橫下心，重新勇敢起來。我現在可能像在吹牛，但我當時真的開始想，這種死法很壯烈，上帝顯示了他的偉大力量。我開始對大漩渦本身好奇，希望自己能夠探索一番，即使葬身海底也在所不惜，唯一遺憾的是，不能將此奇景告訴岸上的人們。

我的這些念頭是人在極端環境裡的幻想，可能是由於當時船繞漩渦飛轉，我變得頭暈眼花的緣故。還有一個讓我恢復冷靜的情況就是，風刮不到我們了——因為我們所處的淺浪圈比海平面低很多，海水高高矗立在右側，就像是山脈。風和海浪的聯合給人帶來一種混亂的情緒，你什麼也看不見，什麼也聽不見，甚至喪失了全部的思考能力。

但在淺浪圈中，我們基本擺脫了這樣的環境，就像是判死刑卻未執行的犯人總是有小小放縱一番的權利一樣。我們的船飛轉了一個小時，不知道是多少圈了，漸漸轉入了淺浪圈的中部，然後又接近可怕的裡圈。我始終抓著鐵環，哥哥則在船尾抱著一個空空的大水桶，它被固定在鐵籠子底下，牢牢地卡在地上，很結實。

當船轉到深淵邊上，哥哥鬆開水桶，來抓我的鐵環，可能是太恐懼了，他竟然開始搶我的鐵環。我極為難過，雖然我知道他不過是太恐懼了。我不想和他搶，我知道，不論誰佔有它，結果都一樣。於是，我把鐵環讓給他，自己去抱水桶。船底很平，要抱住水桶並不困難，雖然船在飛轉，卻很穩。我剛抱住水桶，船就猛地向右轉，一頭栽進深淵。我知道，一切都完了。我頭暈眼花地滑向深淵，本能地抱緊水桶，閉上眼睛，過了好幾秒，心中詫異海水還沒淹沒我，我仍然活著。

墜落感消失，船好像回到了淺浪圈，但斜得更厲害，我鼓起勇氣，睜開眼睛。我永遠不會忘記，睜眼後的恐懼。船在一個巨大的漏斗裡，懸掛在漏斗內壁的中部。這個漏斗又大又深，內壁無比光滑，就像是烏檀木，正在飛速旋轉，雲縫裡的月光照在漏斗上，光芒四射，一直到深淵底部。

剛開始，我無法準確地觀察周圍的情況，只是情不自禁地覺得很壯觀。後來，我稍微冷靜了一些，自然地朝下望，這一看不要緊，我看見了小船懸掛在漏斗壁上的情景，這個漏斗大概呈四十五度，我們的船幾乎是垂直懸在漏斗上。我忽然發現，船這樣斜著，我抱著水桶與剛才船平的時候抱水桶一樣容易。我想，可能是因為船的旋轉速度太快，已經產生了離心力的原因。

月光好像一直照到了深淵的淵底，但是濃濃的水霧包圍著一切，我依然什麼都看不清楚，水霧中有一道彩虹，就像是一座晃動的七彩窄橋。

水霧應該是漏斗的內壁在深淵底部撞擊而激起的，這種撞擊發出的巨大聲音直沖雲霄，難以用語言形容。我們從上方的淺浪圈猛地滑入深淵下很深的一段，然後我們的下降就時快時慢了。這絕對不是規則的運動，我們轉來轉去，時而飛馳，時而顛簸，有時候，一降就是幾百尺，有時又圍繞著漩渦繞上一大圈子。我向下眺望，發現我們的船不是漩渦中的唯一物體，不論是上方還是下方都能看到船隻的碎片，大根的樹幹，甚至還有許多傢俱、破敗的箱子、水桶和木棍之類的小東西。我剛才已經說過，好奇感已經代替了最初的恐懼。

當我越來越接近自己的死亡時，我的好奇感被激發得越發強烈起來。我懷著一種奇怪而且難以形容的興趣，觀察這些數不清的、和我們做伴的東西。我肯定是精神錯亂了，當我看著幾樣東西被泡沫淹沒時，居然覺得很有意思，我有一回竟然說：『下一個消失的肯定是這棵杉樹。』而當我發現一艘商船的殘骸搶先一步沉下去之後，我竟然覺得很失望。我這樣連猜了幾次，都沒有猜對。這樣每次都猜，每次都錯的情景讓我陷入了連串的思考。這思考讓我四肢顫抖，心臟也開始狂跳。這不是一種新的恐懼，而是突然萌生的一種激動的希望感。這種希望感大部分來自回憶，小部分來自現場的觀察。

我想，在海岸上遍佈的各種有浮力的東西都被捲入了水中，它們中的大部分都被打成了碎片，但有的物品卻沒有被打碎。然後我又清楚地思考著兩者之間的不同，我猜想，凡是被全部淹沒的東西都被打碎了，而沒碎的，都是那些在潮水的後期階段介入漩渦的物品，或者說，出於某種原因，它們進入漩渦後下降速度很慢，在漲潮變成落潮之前沒有下滑到淵底。

我忽然醒悟，這兩種情況，物品都有可能借著潮流改變時漩渦反向旋轉的力量重新轉上水面，而不至於像一開始就捲入漩渦裡的東西，或者迅速被淹沒的物品那樣遭受粉身碎骨的待遇。我還觀察到三種重要的情況：第一，總體來講，物體越大，下降越快；第二，同樣大小的兩件物體，一件球形的，一件其他形狀的，球形的物體下降速度比其他形狀的物體下降速度快；第三，兩件同樣大小的物體，一件是圓筒形的，一件是其他形狀，圓筒形的物體比非圓筒形的物體淹沒得慢。我死裡逃生以後，就這些問題向當地的一位老校長討教了很多次，我從他那學會了使用『圓筒形』和『球形』這兩個名詞。

老校長跟我解釋，我看到的現象是漂浮物形態對其浮力的影響。他告訴我為什麼圓筒形物體在漩渦中不容易被吸走，為什麼它比其他同樣大小，但形狀不同的物體更能抵抗漩渦的水流。我之所以能進行這樣的觀察和思考，是因為我注意到了一種驚人的現象。就是，我們每轉一圈，都要超過一些大桶和桅杆之類的東西，而當我開始睜開眼看它們時，它們和我們處在同一水準上，而過了一會兒之後，它們會停留在我們的上方。與最開始相比，它們似乎沒下降多少。

我想明白之後就不再猶豫，拼命頂撞我抱著的水桶，把它從船尾上弄下來。我抱著它跳入水中，並朝哥哥打手勢，指著水中那些靠近我們的大桶，盡力讓他明白我現在想做的事情。我終於讓他明白了我的意思，但是他好像還是不太確定我的判斷是否有效。反正他使勁搖頭，不肯鬆開手中的鐵環跳入水中去抱住水裡的大桶。

我沒辦法強迫他，而且現在不能拖延，形勢非常緊迫。我只能忍痛放棄了他，抱著那個被我從船尾上弄下來的大桶，跳入了海水中。我之所以現在能夠親口給你講這個故事，就證明我當時對情況的判斷是正確的，我確實死裡逃生了。你已經看到了這次生死遭遇對我的情緒產生了多麼大的影響，也能預料到我接下去要講什麼，但我要把這個故事講完。

我棄船後，大約一個小時，船降到了我下方很遠的地方，它突然疾速旋轉了幾圈，帶著我親愛的哥哥，栽入了飛旋的泡沫中，再也沒有出來。我抱著水桶，下降的速度很慢，從我棄船的地方到淵底，我剛降了一半的距離。

這時候，大漩渦發生了重大的變化，漏斗形的峭壁開始變得和緩，漩渦的旋轉速度也緩慢了，不再那麼洶湧疾速，彩虹漸漸消失，漩渦底部也在慢慢上升。

天空放晴了，風停了，月光在天上海上灑下一片潔白的光輝。我睜著眼睛，發現自己浮出了海面，看到了弗洛頓海岸，看到了莫斯克海峽漩渦上的一切。現在是平潮的時候，不過由於颱風，海面依然波濤洶湧又喧囂。我被海浪捲入了海峽，一會兒工夫又被沖進了漁民們停船的海岸。

一艘漁船將我從水中救起，我筋疲力盡，雖然危險消除了，但我對之前經歷的生死考驗說不出一句話。把我拉上船的是我的幾個老朋友，過去的日子，他們天天和我在一起，現在，他們卻幾乎認不出我來了。我烏黑的頭髮都變得雪白，他們說我的表情也有了很大的改變。我跟他們講了我的遭遇，但他們沒有一個人相信我」。

我現在把這些經歷都講述給你聽，也不指望你能比勒爾夫頓的漁民們更相信我講述的是真實的經歷。

驚悚大師愛倫坡

Allan Poe

07 瘟疫王戰記

Allan Poe

故事發生在愛德華三世當政的騎士年代。十月的一天夜裡，午夜十二點左右，河中停泊著一艘名為「自由逍遙號」的商船，這是一艘來往於斯洛斯和泰晤士之間的船。

船上的兩名水手此刻正坐在倫敦聖安德魯斯教區的一家酒館裡，這家酒館的招牌是一幅「快樂水手」的畫像。

那酒館有著低矮的棚頂，酒館裡烏煙瘴氣，當然這些特徵都符合那個特定的年代。對於在裡邊喝酒的奇怪顧客來說，這些已經足夠了。

在形形色色的人群中，這兩位水手就算不是最顯眼的，也是最有意思的一對。二人中看上去年齡稍大的那位，叫洛戈斯。他的個子很高，大概是六英尺半，這個高度導致他總是縮垂著肩膀。然而，其他身體條件的平凡，使得他的身高並沒有一絲優勢。他是桅杆一樣的高，也是桅杆一樣的瘦，正如同伴所說的那樣，喝醉時的他就是桅梢的短索，而清醒時亦能做第二斜桅。

但諸如此類的俏皮話並沒有觸動他的任何一條微笑神經。高高的顴骨，大鷹鉤鼻，深陷的腮幫加上往下墜的下巴和巨大而凸出的淺色眼睛，算得上是一本正經的面孔，這一切使他看上去固執，但也帶著一種對什麼事都滿不在乎的神情。

另一位水手看起來與洛戈斯截然相反，他叫修．托普侖，身高不會超過四英尺，那臃腫的身體架在粗短的彎腿上，神似海龜的腳掌垂在身體兩側，而他的手掌更是奇短。看不清顏色的小眼睛，滿是肥肉的臉，厚厚的嘴唇因為他不斷地舔動而更為突出，這樣的面容使得他對他的同伴懷著困惑與驚訝的感情，當他偶然望見同伴的臉時，就像洛日餘暉撞上初升的太陽。

這一對令人尊敬的同伴在那天晚上的前幾個小時，已經在周圍的酒館裡有了一些豐富的經歷，再富有的人也會有阮囊羞澀的一天，更別說他們了。此刻，這兩位朋友就冒險來到了這家酒館，於是故事就這樣發生了。

洛戈斯與修．托普侖兩人此時正併肩坐於酒館的中心位置，他們的動作驚人的統一，都是在大橡木桌子上用雙肘支著下巴。很快，他們幾乎同時發現了一串散佈著不祥之感的文字，「請不要用粉筆畫線」。

這幾個不祥的字眼，正是用他們否認的那種物質赫然寫在大門上方的。這並不是說他們比普通人更具有識字的才能，但在那個時代，識字的玄妙確實也不亞於賦詩作文。那幾個歪七扭八的字正如大浪中的船一樣東倒西歪，在這兩個水手看來，似乎是暴風雨來臨的前兆。於是，他們穿起緊身上衣，迅速地向街上逃去。

儘管醉到歪歪斜斜的托普侖兩次誤將壁爐當成大門，但他們畢竟在十二點成功逃出了酒館，闖進一條陰暗巷子，一路朝著聖安德魯斯碼頭方向狂奔，身後「快樂水手」的老闆娘仍然緊追不捨。

還有一點需要說明的就是，在本故事發生的時代，前後有很多年，整個英格蘭都籠罩在可怕的黑死病的陰影下。首都的情形最為淒慘，人口銳減，一切都化為烏有，只剩下畏懼、恐怖和迷信在那些瘟疫最猖獗的地方，即泰晤士河的兩岸地區。那裡，病魔在骯髒幽暗的巷子中肆意蔓延。

國王下令將這些地區全部封閉，禁止任何人進入，違者一律斬首。但仍然有人不顧國王的禁令和那令人望而生畏的瘟疫，翻越街頭柵欄鋌而走險，到那些早已沒有傢俱的空房子裡搶劫，他們在夜間將值錢的物品，諸如銅、鐵、鉛等製品統統偷走。

很多來自不同地方的商人為了避免搬運的麻煩和危險，把各種各樣的酒託管儲存在這裡，而每年冬天人們打開那些柵欄時，常常發現儘管有各種鎖、栓和祕密地窖對這些酒加以保護，卻仍然有大量的酒被偷走。但是，市民們早已被嚇破了膽，他們很少懷疑是盜賊幹的，而將整個封鎖區讓死亡的恐懼所籠罩，以至於盜賊也被嚇壞了。

就在剛才所說的可怕柵欄前，修．托普侖和一路奔逃過來的、驚慌失措的洛戈斯突然發現，他們的前方沒路可走了。追趕者緊跟其後，他們不得不馬上做出選擇。跨越那結構簡單的木柵欄對這兩個受過正規訓練的水手來說是小菜一碟，在酒精的作用和逃跑的刺激下他倆已經進入了迷醉的瘋狂狀態，竟毫不猶豫地跨過了柵欄，闖進了禁區，他們哈哈大笑著踉踉蹌蹌地往前走，一陣陣惡臭迎面撲來，此時他們才感到驚訝。

說實話，如果是在清醒的狀態下，他們恐怕早就被禁區裡淒慘陰森的恐怖景象嚇癱了。周圍有點寂寥，空氣朦朧迷幻；荒草已經漫過了腳踝，鋪路石橫七豎八地躺在草叢裡；房屋都倒塌了，堵住了街道；一種令人嘔吐的腐爛惡臭充斥在禁區的空氣裡。蒼白的月光透過迷濛的腐臭空氣照射著大地，可以模糊地看見在街道的角落裡和空空如也的寓所裡，三三兩兩地躺著在行竊時被黑死病「補獲」而慘死的盜賊們的屍首。

然而，兩位水手並沒有因為這些產生恐怖的聯想，他們沒有停止前進的腳步。勇敢的天性加上剛剛喝過的酒帶給了他們巨大的勇氣，使得他們竭盡全力地昂首前行，面對死神張開的大嘴仍然執著地前進。

前進！在那片淒涼肅殺的地方，發出響亮笑聲且堅韌不拔的洛戈斯蹣跚前進著，那笑聲彷彿是印第安人在進行可怕戰鬥時的叫喊；前進！又矮又胖的托普倫拽著他那位行動敏捷的同伴衣角踉蹌前行，從肺部發出一種像牛吼叫似的男低音，這洪亮的聲音勝過了他夥伴淒厲的尖笑聲。

他們在瘟疫的大本營裡每走一步或每搖晃一次，那街道就變得更加惡臭撲鼻、荒涼恐怖、曲折幽深。周圍的建築很高大，破敗房頂上的巨大石塊和木頭落下砸到地上發出的響聲證明了這一點。

一堆堆的垃圾擋在街上，他倆在費勁地穿過這些垃圾時，手經常會不經意間摸到骨骼或者乾屍。倆人跟跟蹌蹌地走到一幢高大恐怖的樓房前，洛戈斯興奮地發出一聲尖銳的叫喊，此時，樓房裡突然傳出一陣不知是人還是鬼發出的尖利回應聲。可這兩個醉鬼竟然一點都不害怕，傻乎乎地撞開大門，叫囂著東倒西歪地闖進房子裡。

這原來是一家賣棺材的店鋪，酒桶破裂的聲音不時從這家店的酒窖裡傳出來，說明了那裡儲藏著大量的酒。一張桌子立在房子的中央，上面放著一個像是裝著混合酒的大酒瓶，還放著各式各樣盛滿美酒珍饈的瓶瓶罐罐。在桌子周圍的棺材架上圍坐著六個人，以下詳細地描述一下這六個人。

面對大門而坐的人的座椅比別人都稍高一點，彷彿是他們的頭領。他長得很高很瘦，連洛戈斯也在驚奇之餘自歎不如。他的臉發黃，臉上只有一個顯著特徵，就是他那高得異乎尋常的突起額頭，就好像一個肉帽子扣在頭頂上一樣，令人見了頓生恐懼之情；他上噘的嘴巴也是一副嚇人的模樣；眼睛因為酒的緣故就像籠罩著渺茫的煙霧一般，這個屋裡所有人都是這樣的眼睛。他全身上下裹著一塊黑色金絲絨裹屍布，插滿額頭的黑色羽毛隨著頭的晃動而左右擺動；右手持著一根人類大腿骨，正要指使桌子周圍的某位唱歌。

而一個看上去地位不凡的女人背對著大門，與他面對而坐。她和那位首領身形一樣高，但是非常胖，身子就像一個一百二十加侖的大啤酒桶，看上去像是到了水腫病晚期。胖乎乎的臉又圓又紅，基本和那位首領一樣，只是有一點比較特別，就是她的嘴。她的嘴就像是一道裂縫從她的右耳一直延伸到左耳，耳朵上的耳墜經常夾進這道裂縫裡。不過，她通常不張嘴，她的端莊典雅體現在她身穿的一套新洗過的、有波浪形皺邊的衣服上。實際上，敏銳的托普侖發現，桌邊的那些人有一個相似之處——每個人的臉上都有一個引人注目的部位。

這個胖女人的右邊則坐著一位嬌小玲瓏的年輕女士，她纖細的手指顫抖不已，青色的嘴唇沒有一點血色，臉上一陣陣地泛著紅斑，顯然這嬌弱可人的女人得了肺結核，但是她的臉上有一種孤傲的神氣。她穿著一件用印度細麻布縫製的碩大美麗壽衣，顯得優美而輕盈。她嘴邊掛著柔美的笑容，頭髮散到脖子周圍，她那細長的長滿粉刺的彎鼻子一直蓋過了她的下嘴唇，這個鼻子時不時地被主人用舌頭舔到左邊或者右邊，整個臉部表情顯得非常奇怪。

在那個身材水腫的女人的左邊，坐著一位患有痛風疾症的矮小老頭。他的兩個臉頰猶如兩支裝酒的大袋子垂放在兩肩。他雙臂交抱，纏著繃帶的一條腿放在桌上，一副別人都應該尊重他的神情。他似乎為他的外貌而感到驕傲，身穿一件顏色亮麗的寬大禮服，特別想引起別人的注意。應當說，這衣服的剪裁相當合身，一定花了他不少錢。

坐在這位老先生旁邊與那位首領中間的，是一位「紳士」。他穿著白色長襪和棉布襯褲。他的身體不時一陣陣震顫，說實話，樣子相當滑稽，這種震顫讓托普倫產生了恐怖的感覺。他的下巴和手腕都用細細的棉布繃帶緊緊地纏住了，這使得他不能隨心所欲地給自己倒酒；在洛戈斯看來，這樣有利於救治他那張因飲酒過量而臭氣熏人的臉。他那雙大耳朵不可控制地向兩旁伸張，應著瓶塞被拔出時的響聲而一陣陣痙攣，並警覺地豎起來。

坐在這個人對面的第六位，也是我要描述的最後一位，他患了麻痺症。這個人看上去非常呆板，但穿著十分奇異。他穿的是一口嶄新的漂亮紅木棺材。頭頂著棺材頂端，整張臉顯出一種難以形容的滑稽樣子。

這位為麻痺症所苦的人肯定會因他那身與眾不同的服裝而感到難堪。為了方便伸胳膊，棺材兩側各打了一個洞；但由於這身服裝特殊的構造，他不能像其他人那樣挺直腰板坐著；他斜靠棺材，巨大的眼珠向外嚴重突出，並一直朝上翻露出眼白。

桌上放著他們的酒杯，這些酒杯全部是用頭蓋骨做成的。桌子上方懸掛著一具屍骸，屍體的一條腿被一根繩子套住倒掛在天花板的一個環上，另一條腿沒被綁起來，而是與主體成直角垂下來，每當風吹進這間屋子時，屍骸的骨架就會嘩嘩作響，自由地隨風飄搖旋轉。一些放在這具屍骸頭骨裡的木炭正在燃燒，發出若隱若現的光芒，在這微光下也能看清室內全部的景象；為了防止光線洩露到大街上，這家棺材店屋內的四周堆放著棺材和其他殯葬用品，堆得很高，遮住了窗戶。

兩位水手看到這樣一群衣著奇異，行為怪誕的人之後，並沒有以應有的禮貌去對待這些怪人。靠在牆上的洛戈斯把下巴低到不能再低，儘管他的下巴本來就陷得很深；眼睛睜到不能再大，儘管他那雙眼睛已經夠大。彎下腰的托普侖，鼻子與那張桌子在同一平面上，雙手放在雙膝上不停地搓來搓去，在這最不合時宜的時刻裡，突然爆發出一陣持久的震耳欲聾的笑聲。

然而，那位高個子首領和善地朝這兩位水手笑了笑，似乎沒有因為這兩個闖入者的放肆無禮而憤怒。他走過去拎起兩位水手，將他們放在別人早已讓出的位置上。

洛戈斯順理成章地接受了這份款待，坐在座位上；而托普侖改不了他那愛與女人親近的習慣，將座位移到了患肺結核的女士身旁，還特別興奮地為自己倒滿了酒，一飲而盡。此時那位身穿棺材的紳士因為托普侖的魯莽行為而勃然大怒，剛好那位首領用大腿骨敲了敲桌子，分散了大家的注意力，才避免了一場可怕的爭端。首領致辭道：

「在這個愉快的時刻，我們應該……」

「等一下！」洛戈斯以非常嚴肅的口吻打斷了首領的致辭，「請稍等一下，能不能先給我們說說你們究竟是些什麼人，到底在這裡幹什麼，為什麼都打扮得像魔鬼一樣，為什麼隨心所欲地喝我好朋友的杜松子酒！」

這番冒昧得令人忍無可忍的言辭，使得坐在桌旁的六個人都暴跳如雷，並發出一陣魔鬼般的吼叫聲，這恐怖的聲音在水手們進屋前就領教過了。但那位首領很快平靜下來，以非常嚴肅的語氣對洛戈斯說：

「我們非常願意滿足不速之客所有合理的好奇心。你們必須知道，我才是這片土地的國王。『瘟疫之王一世』統治的王國永遠神聖不可分割。現在我告訴你們，這間屋子是我們的會議室，在這裡所舉行的一切活動都是聖潔而崇高的。」

「坐在我對面的這位就是尊貴的瘟疫王后，在座的這些王公貴族分別是大公瘟疫·伊夫洛施殿下，公爵瘟疫·伊洛修閣下，公爵瘟疫·坦莫閣下和女大公瘟疫·安娜·殿下，他們都是具有王室血統的。」

「至於……」他繼續道，「至於我們為什麼坐在這裡，這個問題屬於我們王室的隱私，也關係到整個王室的利益，儘管這些事對外人來說毫無價值。」

「也許你們認為你們有權知道，而我們也可以繼續解釋，我們今晚集會的目的是對這座美麗城市所有的葡萄酒、啤酒和其他各種酒進行深刻的調查和精密的分析，以確定這些味覺之寶複雜的酒精含量和難以界定的品質特徵；我們此行的目的，不是為推行我們自己的計畫，而是為了另一個世界，那位統治著我們全體人的君主的真正福利。那位擁有廣闊無邊疆土的君王的名字叫做『死神』。」

這時托普侖大聲糾正道：「他的名字叫海神！」同時替身旁的那位女士倒了一頭蓋骨酒，也把自己面前的頭蓋骨倒滿。

那位首領把目光轉向了托普侖：「你這個褻瀆神靈的刁民！你這個侮辱神靈、十惡不赦的混蛋！我們已經說過，為了不侵犯你們這些下等人的權利，我們才屈就回答了你們那些蠻橫無理的問題。而你們卻在我們的會議室裡公然褻瀆我們的神靈，為了我們王國的輝煌強盛，你們每人必須喝下一加侖黑帶啤酒。只要你們能跪在地上一飲而盡，就可以立刻恢復自由。你們可以離開，繼續走你們的路，也可以在這裡繼續觀看我們的會議，隨你們的便。」

「絕對不可能！」洛戈斯答道，他已經開始有些尊敬這位瘟疫王一世的傲慢和權威，他靠在桌邊上神態自若地說：「尊敬的國王，這件事我絕對做不到，我的胃艙容量連您剛才提到的四分之一也承載不了。在這之前我的船艙已經填進了一些壓艙物，今晚又載入了好多種類的麥酒和烈酒，早就已經滿載了。所以，作為我們尊貴的國王，您應該體諒一下我們的苦衷，不管怎樣，我都不能再喝下一口那種叫做『黑帶啤酒』的令人嘔吐的東西了。」

「閉嘴！」托普侖打斷了洛戈斯的話，他並不是嫌他的同伴言語煩瑣，而是他的拒絕讓他吃驚，「閉嘴，蠢貨！我說，洛戈斯，別再說廢話了！我的船艙是空的，我可以替你再空出一點艙位承載你說的那份貨物，但是我不想再引出什麼爭端來——」

「這個儀式，」首領搶過話說道，「這個儀式是居於處罰和判決之間的，既不能改變也不能取消。你們必須一絲不苟地執行我們所提出的要求，不能再耽擱了。如果不照我們說的去做，那麼你們的脖子和腳將會被捆在一起，然後扔進那個裝有五十二加侖啤酒的大桶裡被淹死！這就是我們對你們的判決和懲罰。」

「正確的判決！正義的判決！公正的判決！輝煌的判決！最合理、誠實、神聖的判決！」瘟疫家族的成員們異口同聲地大喊道。瘟疫王高聳起他佈滿無數條皺紋的額頭，患痛風病的小老頭呼呼地喘著氣，穿漂亮細麻布壽衣的女人用舌頭把鼻子舔得左搖右晃，穿棉布襯褲的紳士豎起了耳朵，穿喪服的女人氣喘吁吁地像快要死了一樣，穿黑衣服的先生紋絲不動地朝天花板翻著白眼。

「我呸！呸呸呸！」托普侖暗自笑著，不把這群怪物的叫喊放在心上，

「呸！呸！呸！——呸！呸！呸！——呸！呸！呸！——聽我說，對我這艘尚未載滿的船來說，讓我喝下兩三加侖的黑帶啤簡直是小菜一碟——但讓我為那個魔鬼乾杯，要我在他這個白癡國王面前下跪，就是絕對不可能的事了。我知道他像我這個無賴一樣，在這世上也是一文不值的蠢貨，他跟會演戲的蒂姆．赫爾利格爾利——」

還沒等他說完，那六個王室成員一聽到蒂姆．赫爾利格爾利這個名字就氣得跳了起來。

「叛逆！叛逆！」六個人你一句我一句地咆哮起來。托普侖正要為自己倒酒的時候，他的後褲腰被一隻大手抓起，舉得很高，直接被扔進了旁邊那個裝有一百二十加侖啤酒的大桶中。托普侖在大桶裡折騰了一會兒，最後消失在被他攪起的泡沫漩渦中。

然而高個子水手是勇敢的，他沒有繼續看他同伴的可憐樣，而是一掌把瘟疫王搗進了屋子裡的陷阱，砰的一聲關上了活板門。然後大步走到房子中間，一把扯下懸在桌子上方的那副屍骸。他此時有著旺盛的精力，頑強的鬥志，在最後一點光即將消失的時候，他殺死了患麻瘋病的小老頭。隨後，用盡全身的力氣撞倒了裝著啤酒和托普侖的大桶。

整個房子瞬間充滿著氾濫的啤酒，屋子中央的桌子也被衝倒在地，四周的棺材架也被啤酒衝得亂七八糟，再也不能當座椅了。那個大大的酒瓶被扔進了壁爐裡，兩位女士歇斯底里地大叫著，也被扔到一邊去了。

如洪水一樣勢不可當的啤酒把周圍的一堆殯葬用品衝得七零八落，酒面上漂浮著各種各樣的瓶子和酒壺。那個總是一陣陣震顫的恐怖傢伙沒過多久就被淹死了，還有那位渾身僵直的紳士也在棺材中被沖走了。

洛戈斯大功告成，於是一把拉起那位身著喪服的無辜胖女人跑到大街上，朝「自在逍遙號」狂奔而去。隨著啤酒一起被衝出酒桶的修·托普俞一路上打了幾個噴嚏，慢吞吞地跟在洛戈斯後面，而跟在他身後的卻是正呼呼大喘著氣的女大公瘟疫·安娜殿下。

驚悚大師愛倫坡

Allan Poe

08

一桶白葡萄酒

福圖那特對我的百般侮辱，我都儘量忍住了。不過我在心中暗暗發誓，倘若再有一次，我一定要報仇雪恨。大家都清楚我的脾氣，我拿定主意要報仇，就一定會做到，絕對不是說著玩的。我一定要報仇，一定要一雪前恥。這樣的想法在我的心中生根發芽，堅定不移地要行動。

沒有想到可能的危險，只是沉浸在報復的快感中，我決定要做得巧妙，讓他猜不出是誰，不然這件事情就沒完沒了了。不用說，我的一舉一動一言一行，都不會引起福圖那特的懷疑和猜忌，我甚至像對待好朋友一樣，對他笑臉相迎。直到現在他也沒看出來我想要他死，但是，那是我想到他會送命才會笑得如此甜。福圖那特是一個在某些地方讓人敬重甚至敬畏的人，不過他有一個致命的缺點，就是他認為他是品酒的行家。

眾所皆知，義大利人裡沒幾個是真正的行家，不過他們善於隨機應變、見風使舵，再加上熱絡和顯現出來的專業氣息，往往能夠迷惑英國的大財主，就連珠寶和古畫，他也能口若懸河地談上一陣子。不過對於品酒方面，他確實有自己的一套，這一點我與他相同，尤其是義大利葡萄酒，只要能夠辨得到，就會大量買進。

一個熱鬧的狂歡節傍晚，我在暮色中散步時碰到了這位朋友。他熱絡地跟我打招呼，鼓起的肚子裡裝滿了酒。這個人裝扮得像馬戲團裡的小丑，緊身的雜色條紋衣，尖尖的帽子，上面甚至還繫著鈴鐺。看見他，我真的開心極了，握著他的手，很長時間都沒有放開。

我說：「嘿，老兄，見到你真開心。你今天看起來好極了，我可就不行了，對弄到的那一大桶所謂的白葡萄酒一點都不放心。」

「怎麼？你弄到了一大桶白葡萄酒？這狂歡節期間，哪能弄到啊？不見得是真的吧？」他詫異地說。

「所以我不放心啊。真是糟糕極了，簡直笨透了，居然沒跟你商量就付清了貨款。我到處都找不到你，又怕錯過這筆生意。」我有些沮喪地說道。

「白葡萄酒，你確定？」

「我不放心。」

「白葡萄酒？」

「是呀，是呀，我一定要確認究竟是不是。」

「真是白葡萄酒？」

「說是真白葡萄酒，看來你有事情，我就不麻煩了。我去找盧克雷西問問看，只有他才有工夫品酒，他會告訴我……」

「那怎麼行，他？」福圖那特不由得提高聲音。

「有些傻瓜硬說他跟你的眼力難分伯仲呢！」

「走吧，我們快走！」他聽我說了那些話，立刻架起我來。

「上哪去？你不是還有事？」

「去你家地窖，我幫你看看。」

「老兄，這怎麼行，你不是有事情？我去找盧克雷西吧！」我不著痕跡地想要推開他的手。

「沒事，我沒事，我們走吧。」

「這怎麼行，就算你沒事，那地窖又冷又潮濕，四壁都是硝，你的身體扛不住的。」

「冷不要緊，你可真是上當了。白葡萄酒？說起來盧克雷西那傢伙連雪梨酒和白葡萄酒都分不清。」不由分說，福圖那特拉著我，向我家走去。我戴上了黑綢子做的面具，用短披風緊緊地裹住身子，由著他拖我去家裡。家裡一個僕人都沒有，都趁機溜出去過狂歡節了。我早些時候就對他們說，我有事出門，第二天早晨才能到家，讓他們不准出門。儘管這樣，我猜到他們一定是我前腳走，後腳就跟著走了，狂歡節的吸引力真是不小。

我從燭臺上拿起兩個火把，一個遞給福圖那特，一個自己握著，帶領著他穿過幾個房間，順著長廊，走過一座長長的迴旋樓梯向地窖走去。他緊緊跟著，小心翼翼地走著，腳步搖搖晃晃，走一步帽子上的鈴鐺就叮噹作響。

我們終於來到了樓梯腳下，一起站在蒙特裡梭府墓穴潮濕的地上。

「酒在哪？」他有些心焦地問道。

「就在前面了，你可要留神牆上的蛛網，他們在發光。」

他轉過身來，醉醺醺地用水汪汪的眼睛望著我：「那是硝？」他問道。

「硝，你咳嗽多久了？」我答道。

「咳咳，咳咳……咳咳咳……咳咳……」回答我的只有一段沒完沒了的咳嗽聲。他半天說不出一句話，過了好久，才支支吾吾地說：「沒什麼！」

「哎，我們還是回去吧。你的身體要緊，別再受了寒氣。你有錢有勢，又受眾人仰慕，還深得人心，要是病了，可不是件小事。我可擔不起這責任，再說，再說不是還有盧克雷西。」

「別說了。」他說道，「咳嗽有什麼，我又不會咳死。」

「好，好，說真的，我可不是嚇唬你，病就應該好好預防，要不喝一口美道克酒，去去潮氣。」說著，我從一長串酒瓶裡，拿起一瓶砸碎瓶頸，遞給他。「喝吧！」

他看了我一眼，將酒瓶舉到唇邊，又放了下來。他向我點點頭，鈴鐺叮噹作響。「讓我們為周圍長眠地下的酒乾杯，為你的萬壽無疆乾杯。」說著他喝完了酒，纏著我的胳膊往前走。

「你家地窖可真大。」他說。

「我們家是個大家族，多子多孫。」我答道。

「我忘記了府上的族徽，長什麼樣子？」他又問。

「不就是一個人的偌大的金色腳，踩爛騰飛的蛇，蛇還緊緊咬著腳後跟，背景是一片天藍色。」

「那，那家訓呢？」

「凡是傷害我的人，一定會受到懲罰。」

「真妙！」由於喝了酒，他的眼睛亮閃閃的，走起路來鈴鐺又丁零噹啷地響著，在空氣中迴蕩。

我喝了口美道克酒，心裡亂了起來。

一路上，我們沿著一條由屍骨和大大小小的酒桶圍成的夾道，一直進到最裡面。我又站住了腳，伸手抓住了福圖那特。

「看吧，硝越來越多，就像青苔一樣，掛滿了拱頂。我們現在站在河床的下面，你看屍骨裡還有水珠呢。我們還是快回去吧，你看你咳嗽得這樣嚴重。」

「沒什麼，」他說，「我們繼續走吧，不過得讓我再喝一口。」

聽了這話，我又打開一壺葛拉維酒，遞給他。他一口就喝光了，眼睛也頓時有了生氣，嘻嘻地笑著，然後把酒瓶摔在地上，做了個奇怪的手勢。

因為不明白什麼意思，我只是吃驚地看著他。見我沒明白，他又做了一遍。

「你不知道那是什麼意思？」他說。

「是啊。」

「那你就不是同道。」

「啊？」

「你不是泥瓦工。」

「我是，我是的。」

「你？不會吧，你是？」

「我是。」

「那暗號呢？」他問道。

「暗號？暗號就是這個。」我順手從短披風裡拿出了一把泥刀。

「你不要開玩笑，開什麼玩笑，我們還要往前看那桶白葡萄酒呢！」邊說著，他邊害怕地後退。

「好吧！」我收起了泥刀，伸手扶著他。他靠在我的肩膀上，我們繼續往下走，直到一個陰暗的墓穴。

那裡空氣混濁，讓人窒息，火把也看不見火光，只剩下火焰。那個墓穴的最裡面，又出現一個更狹窄的墓穴。這裡四壁都堆著成排成排的屍骨，它們就這樣一直高高地堆著，直到高高的穹頂，就像是巴黎那些大墓穴一樣。

裡面的那個墓穴和這個相仿，不過有一面牆的屍骨早被推翻了，亂七八糟地堆著，變成了一個屍骨墩。搬開這堆屍骨，能夠看見後面的後面還有一個像壁龕一樣的地方，大約四英尺深，三英尺寬，六、七英尺高。

福圖那特舉著昏暗的火把，盡力向壁龕深處仔細看，可是火光太微弱，看不到底。「接著往前走，白葡萄酒就在裡面。要不，我去找盧克雷西？」

「哼，他那個充內行的。」他一邊嘟囔著，一邊用醉鬼特有的搖晃腳步向深處走去。一眨眼，他來到了盡頭，看見沒有白葡萄酒，就皺著眉頭發呆。

過了一會兒，我把他鎖在了牆上，牆上裝著兩個鐵環，大概有兩英尺左右。一個環上有一條短鐵鏈，另一個上面掛著一把大鎖。不一會兒，我在他腰上拴上鐵鏈，他完全嚇傻了，根本來不及反抗。我拔掉了鑰匙，退出了壁龕。

「你伸手去摸摸那牆，保證你能摸到硝，很潮濕的。讓我再求求你回去？怎麼你不回去？好，那我就得離開你了，不過我還得盡盡心，多照顧你一下。」

「白葡萄酒？白葡萄酒？」他依然沒緩過來，驚魂不定地叫著。

「沒錯，白葡萄酒。」我邊應著，邊在前面提到的屍骨堆那邊忙著。我丟掉屍骨，挑出準備好的石塊和水泥。用這些材料，靠著那把泥刀，我開始砌牆。連第一層都沒砌好，我就意識到他已經酒醒了。最開始是傳來一聲聲的嘶吼，那聲音完全不像是醉酒的人的叫聲。

接著是沉寂，不知道安靜了多久。我開始砌第二層，第三層，第四層。壁龕裡面傳來了鐵鍊的晃動聲，他在掙扎，一直在掙扎。在那陣噹啷聲中，我根本沒心思幹活。也許是為了讓自己聽得更清楚，更享受那種曾經侮辱我的人苦苦掙扎的感覺，我坐在了骨堆上，直到周圍再度歸為沉寂。我重新拿起了手中的泥刀，不停手地砌上第五層，第六層，第七層。直到差不多和胸口一樣高，我又累了，於是停了下來。我舉起手中的火把，那一絲跳躍的微弱的光，照在了裡面那個人身上。

突然間，那個人發出一連串的嘶吼，彷彿要嚇退我，讓我停下來。忽然間，我拿不定主意了，慌張得直發抖。不一會兒，我拿起一把長劍，在壁龕裡摸索，可仔細想想，又鎮定下來。我的手放在了墓穴那堅固的建築上，我安心了。

等我再走回牆根，那人大聲吵鬧，我也對著他亂叫，用自己的音量壓過他，比他更響亮。這樣持續了一會兒，他的嗓子就啞了，聲音也變小了。已經半夜了，我也快做完了，我砌上了第八層，第九層，甚至第十層，第十一層。

終於要結束了，只要我再嵌一塊石頭進去，最後再抹上水泥，就大功告成了。我用最後的力量，托起那塊沉甸甸的碩大石塊。就在這時候，裡面傳出了淒厲的笑聲，嚇得我的頭髮和汗毛都豎了起來，好長時間，我才認出那是福圖那特的聲音。「哈哈哈！嘻嘻！這，真是個妙不可言的笑話，太好笑了。等我們到家了，好好笑個痛快，邊喝酒邊笑！」

「白葡萄酒。」我說道。

「對，對。白葡萄酒，還來得及嗎？福圖那特夫人他們不是正等著我們回去嗎？我們走吧。」他在牆那邊說道。

「對，我們走。」我說道。

「對，看在上帝的分上，我們走吧。蒙特裡梭！」他說。

「看在上帝的分上，我們走吧。」可是再也沒有聲音了，再也沒有回答。我再也沉不住氣了，將火把順著還沒砌好的牆塞進去。可是只傳來了叮噹的一聲。我吼道：「福圖那特！」沒有回答。我又喊了一聲，還是沒有回答。

可能由於墓穴裡的濕氣太重，我開始覺得噁心。我趕忙完工，把牆砌好了，然後把屍骨按照之前那樣堆積起來。五十年來，那裡一直沒有人動過，希望逝者安息吧！

驚悚大師愛倫坡

Allan Poe

09

洩密的心

神經緊張，非常，非常緊張，十二萬分地緊張，過去是這樣，現在還是這樣；可是你為什麼偏偏說我瘋了呢？這種病並沒有使我的感覺失靈或遲鈍，反而更敏銳了。尤其是聽覺，分外靈敏，天堂、人世間的一切聲音我全都能聽見，來自地獄的聲音也時時刻刻在我的耳畔縈繞。你怎麼能說我瘋了呢？看我多麼有精神，多麼地鎮靜，我可以慢慢地告訴你這一切。

說不出這個念頭最初是怎麼鑽進我的腦子裡來的，但如今它確實讓我白天黑夜都念念不忘。我並沒有其他目的，也沒有什麼怨恨，我愛那老頭，他從來沒有得罪過我或者侮辱過我，我也不貪圖他的金銀財寶。我猜大概是因為他的那隻眼睛吧！沒錯，正是因為那隻眼睛！他長了一隻鷹眼——淺藍色的，蒙著層薄膜，只要我看一眼，血液都會凝固。因此，我心裡慢慢打定了主意，殺了這個老頭，這樣就可以永遠都不再看見他的那隻眼睛了。

現在問題就在這兒，你認為我瘋了，可是瘋子什麼也不懂。可惜你當初沒瞧見我，沒瞧見這一切我策劃得多麼聰明，做得多細心，多有遠見，多虛偽！我害死老頭的前一個禮拜裡對他特別體貼。

每天晚上，大約半夜的時候，我把他的門鎖一轉，打開——啊，是躡手躡腳地！我輕輕推開房門，直到能夠伸進腦袋為止，然後從門縫裡塞進一盞提燈——燈上遮得密密實實，無縫無隙，連一絲燈光都漏不出來——再慢慢將頭伸進去。

啊，你要是看見我是多麼靈巧地探進頭去，一定會大笑不停的！我拿著提燈，緩緩地探進頭去，生怕驚醒了老頭。花了個把鐘頭我才將整個腦袋探進門縫，恰好看見他躺在床上。哈！難道瘋子能有這麼聰明？

我的頭一伸進房裡，就小心翼翼的——啊，真是萬分小心地打開提燈上的活門，因為鉸鏈吱呀響——我將活門掀開一條縫，細細的一道燈光剛好射在老頭兒的那隻鷹眼上。

我這樣一連做了整整七個夜晚，每天晚上都在半夜時分，可是老頭兒的那隻眼一直閉著，我無法下手，因為惹我生氣的不是老頭本人，而是他的那隻「凶眼」。每當清晨，天剛破曉，我就大膽地走進他的臥房跟他談話，親熱地喊他的名字，問他晚上睡得如何。所以你看，他要不是個深謀遠慮的老頭，絕不會起疑心，每天晚上的十二點鐘，我會趁著他熟睡，探進頭去偷看他。

到了第八天晚上，我比前幾天還要謹慎微細地打開房門，手錶上的分針走起來的速度都要比我的行動要快得多。那天晚上之前我還沒有認清自己的本事到底有多高強，頭腦有多聰明。一想到我就在房外，一點兒一點兒地打開門，他卻連做夢都沒想到我的這些祕密舉動和陰謀詭計，我就按捺不住自己心頭的那份得意。想到這兒，我忍不住笑出聲來。他大概聽到了，因為他彷彿大吃一驚，突然翻了個身。你可能以為我會退回去，才沒有。他的房間裡漆黑一片，沒有一點光亮，因為害怕強盜，他總是把百葉窗關得緊緊實實的，所以我知道他看不見門縫，就照舊一點一點、一點一點地推開門。

我剛探進頭，正要動手掀開提燈上的活門，但當我的大拇指在鐵皮扣上一滑時，老頭突然像彈簧一樣坐起身，大聲嚷道：「誰在那裡？」我站住不動，默不做聲。整整一個鐘頭，我一直佇立在那裡，沒有活動一下，可是也沒聽到他躺下的聲音。他一直坐在床上側耳傾聽，就像我每天晚上傾聽牆外小蟲的叫聲一樣。我聽到一聲歎息，我知道這聲歎息是因為害怕才發出來的。這聲歎息既不是呻吟，也不是悲歎，什麼都不是！這是因為嚇得魂飛魄散，心底裡憋不住才發出的這麼低低的一聲，我很熟悉這個聲音。

不知多少個晚上，都是在半夜時分，整個世界都在睡夢中，我的心底總是不由得發出這種深深的歎息，伴隨著陰森森的迴響，讓我自己毛骨悚然。我剛才說過，我早就聽慣了這種聲音，我知道老頭兒是怎麼想的，雖然暗自好笑，可是還是同情他。

我知道他剛聽到微微一點聲響，在床上翻過身，就一直睜著眼躺著，心裡愈來愈害怕，拼命想當做是一場虛驚，但總是辦不到。他一直自言自語：「不過是煙囪裡的風聲罷了，只是老鼠跑過罷了。」或者說：「只不過是蟋蟀叫了一聲罷了。」對，他一定會這麼東猜西想，聊以自慰，可他也知道這全是枉費心機。因為死神就要來臨，正大模大樣地走近他，一步步地逼近，找上他這個冤鬼。正是那看不見面目的死神，惹得他心裡淒淒涼涼的。

我沉住氣，等了好久，既沒聽到他躺下，就決定將燈掀開一條小縫，極小極小的一道縫。我動手掀開燈上的活門——你可能想不出我有多麼鬼鬼祟祟——一點一點掀開，縫裡終於透出濛濛的一道光，像遊絲般照在鷹眼上。那隻眼睜著呢，睜得很大，很大。我愈看愈生氣，我看得一清二楚，整個眼睛裡一團暗藍，蒙著層嚇人的薄膜，嚇得我心驚膽戰。可是，老頭的臉龐和身體卻都看不見：因為鬼使神差似的，燈光就只照射在那個鬼地方。

我早就跟你講過，你把我看做瘋子是錯的，我只是感覺過分敏銳罷了。啊，剛才說過，我耳邊傳來一陣模模糊糊的低沉的聲音，好像是蒙著棉花的手錶發出的聲音。我很熟悉這種聲音，那是老頭的心跳聲，我愈聽愈生氣，就好比咚咚戰鼓催動了士氣。

我沉住氣，依然不動，大氣不敢出一口。我拿著提燈一動不動，讓燈光儘量照在鷹眼上。這時，嚇人的撲通撲通的心跳聲愈來愈厲害了。時間一秒秒的過去，愈跳愈快，愈跳愈響。

老頭一定是被嚇到了極點！心跳聲愈來愈響，一秒比一秒響！你聽明白了沒有？不是早跟你說過，我神經過敏，確實過敏。眼下正是深更半夜，古屋裡一片死寂，聽著這種怪聲，可能會被嚇死。可是我依舊沉住氣，紋絲不動地站了片刻。不料撲通撲通聲竟愈來愈響，愈來愈響！我看，那顆心就快要炸開了。這時又不由得提心吊膽地擔心街坊會聽到！老頭的大限到啦！我哇地嚷了一聲，打開燈上的活門，一個箭步進了房間，他尖叫一聲——只叫了那麼一聲。剎那間，我將他一把拖到地板上，推倒床壓在他身上。

眼看一下子就能將他了斷，我心裡很高興。誰知悶聲悶氣的心跳聲竟然不斷響了半天，可是我沒有生氣，隔著一堵牆，這種聲音倒聽不見了。後來這聲音終於不響了，老頭死了。我搬開床，朝屍首打量了一番，是的，他斷氣了。我伸手按在他心口上，擱了好久，一跳也不跳，他連口氣也沒有了，那隻眼睛再也不會折磨人了。

如果你還當我是瘋子，就先讓我交代一下我是怎樣藏匿死屍的，那麼你就不會這麼想了。夜晚來臨，我悄無聲息地趕緊行動了起來。

我先將屍首肢解開來，砍掉腦袋，割掉手腳，再撬起房裡三塊地板，將一切藏在兩根間柱當中。重新放好木板，手法非常俐落，非常巧妙，任何人的眼睛都看不出絲毫破綻，連他的眼睛也看不出來。沒什麼要洗刷的，什麼斑點都沒有，沒有絲毫血跡。我十分謹慎，沒留下一點痕跡。

把一切弄好時已經四點鐘了，天色還跟半夜一樣黑呢。鐘敲了四下，大門外猛然傳來一陣敲門聲。我十分平靜地下樓去開門——現在有什麼好怕的呢？門外進來三個人，他們彬彬有禮地自我介紹，說自己是警官。有個街坊在夜間聽到一聲尖叫，擔心出了人命，報告了警察局，這三位警官就奉命前來搜查屋子。

我滿臉微笑——有什麼好怕的呢？我對這三位先生歡迎了一番，就說我剛才在夢裡失聲叫了出來。又說，老頭到鄉下去了，我帶著三位來客在屋裡上上下下走了一遍，請他們搜查，仔細搜查。後來還領到老頭的臥房裡，指給他們看他的家當好好放著。我有恃無恐，熱誠地端進幾把椅子，請他們在這間房裡歇歇。我得意揚揚，大膽地端了椅子在埋著冤魂屍首的地方坐下。三位警官放心了，我這種舉止不由得他們不信，我也就十二萬分安心了。

他們坐著，閒聊家常，我是有問必答。但沒多久，我只覺得臉色愈來愈白，巴不得他們快走，頭好疼，還感到耳朵裡嗡嗡地響。無奈他們照舊坐著，照舊聊天，嗡嗡聲聽得更清楚了，不斷響著，越來越清楚。

我想擺脫這種感覺，嘴裡談得更暢快，誰知嗡嗡聲還是不斷響著，而且變得毫不含糊。響著，響著，我終於明白原來不是耳朵裡作怪。不用說，我這時臉色慘白，可嘴裡談得更高興，還扯高了嗓門。不料聲音愈來愈大，怎麼辦呢？

這是不斷傳來的模模糊糊的低沉的聲音，簡直像蒙著棉花的手錶聲，我一直喘著氣，可是三位警官竟然沒聽到。我談得更快，談得更急，誰知響聲反而無休止地愈來愈大。我站起身，連雞毛蒜皮的小事都尖聲尖氣地爭辯，一邊還手舞足蹈，誰知響聲反而愈來愈大。他們幹嘛偏不走呢？我拖著沉重的腳步在房裡踱來踱去，彷彿他們三人的看法把我惹火了，誰知響聲反而愈來愈大。啊，天吶！怎麼辦呢？我口沫橫飛，大肆咆哮，咒天罵地！我使勁地搖動椅子，在地板上磨得嘎嘎作響，可是響聲卻壓倒一切，而且持續不斷，愈來愈大，愈來愈響，愈來愈響！

那三人竟然一直高高興興地聊著天，嘻嘻哈哈地笑著。難道他們沒有聽見？老天爺啊！不，不！聽得見！疑心了！有底了！正在嘲笑我這麼膽戰心驚呢！我過去是這個看法，現在還是這個看法。什麼都比這折磨強得多！什麼都比這種奚落好受得多！這假惺惺的笑我再也受不了！只覺得不喊就要死了！瞧！又來了！聽！愈來愈響！愈來愈響！愈來愈響！愈來愈響！

「壞蛋！」我失聲尖叫，「別再裝蒜了！我招就是了！掀開木板！這兒，這兒！他那顆可惡的心在跳呢！」

驚悚大師愛倫坡

Allan Poe

10 羊皮紙上的遺囑

Allan Poe

一八四九年四月十二日傍晚，艾芒・德・拉法埃特因為他好朋友的一件私事，專程從法國巴黎飛到美國紐約。

到了紐約後，他沒有第一時間聯繫他的好友——法國炮兵中尉德拉科先生，而是去了當地一間有名的酒吧「普拉特」。在熱鬧的酒吧裡，煙霧繚繞、人挨著人，他走到吧台，坐了下來，禮貌地點了一杯雪麗酒。大概出於對陌生人的敏感，酒吧的侍者上下打量著艾芒。當他給艾芒遞來了酒水時，試探地問他，是不是來自義大利。

艾芒笑著說：「我是外地人，不過來自法國巴黎。」他原以為這樣就能打發侍者，不過那個有點刻薄的酒吧侍者，非要纏著他，讓他說出全名。「艾芒。」他平靜地說了之後，吧台四周所有能聽到的人都安靜了下來。他們要嘛一臉震驚，要嘛滿臉困惑，要嘛充滿敬畏地打量起艾芒，難道眼前這個長相普通的青年人，是那個在法國現代史上赫赫有名的德・拉法埃特侯爵的親戚？艾芒面不改色地從懷裡掏出一打文書證件，丟在吧臺上。

所有的人都好奇地圍了過來，不過看著證書上的法文，不知所措地又散開了。這時，角落裡傳來標準的法語，一個人從人群中走了出來，說自己也許能幫大家解答疑惑。那是一位皮膚黝黑個子矮小的老年人，蜷縮在一件破舊的軍大衣裡，手裡還提著酒瓶，滿嘴都是白蘭地的味道。他目光渾濁，雖然步履蹣跚卻舉止優雅。艾芒本能地向他致意，那位陌生人也鄭重地回禮。

那位陌生人自稱為撒迪厄斯．珀里。珀里先生走到吧台，翻翻吧臺上的檔案，從中拿起一封用英文寫的信。他舉起來說道，這是美國駐巴黎大使給美國總統泰勒的親筆介紹信。

那一霎那，酒吧裡靜得彷彿連掉根針的聲音都能聽見。接著，對於陌生人的敵意瞬間變成了最熱烈的歡迎。有人走過來，拍拍艾芒的背；有的人抓住他的手不放。之前滿懷敵意的酒吧侍者更是滿臉羞愧，他小心翼翼地阻擋著試圖靠近艾芒和那些爭著為艾芒買酒買下酒菜的人，唯恐一個不留神，這位深受眾人愛戴的艾芒先生被湧過來的人推倒，他還告訴艾芒一定要喝個痛快。

不過那位身材矮小的珀里先生就沒這麼好運了，他一下子被湧來的人推倒在地。只見艾芒在人群中揮舞著手，試圖讓場面變得有秩序些，不過那些熱情的人們毫不在意。最後還是某位留著紅鬍子的大個兒大吼了幾聲，人們才平靜下來。

艾芒整理了一下被擠得有些雜亂的衣服，放好檔案，清了清嗓子說道：

「我很感謝大家的熱情款待，不過我這次有要緊事要辦，所以要付賬走人。如果有知情人願意提供幫助，就請告訴我關於那位住在湯瑪斯街二十三號瑟文奈特夫人的事。我此次前來正是想和那位老夫人解決一樁不公正的事情。」

聽了艾芒的話，有人告訴他，那位太太十分富有，卻為人小氣，跟這樣的老太婆沒什麼公正可談。

艾芒聽後，告訴大家：瑟文奈特太太有一個女兒，名叫克勞黛，她與母親的關係並不好。克勞黛在巴黎生活得十分困苦，而母親瑟文奈特夫人卻被一個叫做「納希霍」的女人誘騙到紐約。克勞黛小姐同一位炮兵軍官訂婚了，現在他們兩個急需用錢。他此行的目的就是希望勸說瑟文奈特夫人，讓她不要對自己的女兒如此苛刻。話還沒說完，酒吧侍者連忙抓住艾芒的手，讓他趕快去瑟溫納特夫人家。因為今天早上就有消息傳來，說那個小氣的法國老女人中風了，不知道還能活多久時間。

這消息簡直就如晴天霹靂一般。那個紅鬍子的高個子客人大聲喊道：「還不趕快為拉法埃特侯爵的侄子讓路！閃開，快閃開！」說完，他自己更是衝到了艾芒的面前，拉住他向門外走去。

艾芒感動地回過頭和眾人道別，突然見到人群中有一張蒼白的臉，就是之前幫忙的珀里先生。他又坐回了角落，擦著外衣上的菸漬。

艾芒的馬車在道路上飛馳，直奔目的地。他心裡十分慌張，倘若瑟文奈特夫人一分錢也沒留給她女兒就去世了，他哪裡還有臉見自己的好朋友。車子總算停在了湯瑪斯街瑟文奈特夫人的府第前，艾芒下了車，使勁地拍打大門。

過了半晌，他聽見門閂移動的聲音，先是一個眼睛從門縫裡打量了艾芒很久，接著門才打開。站在門口的正是艾芒口中的「納希霍小姐」，她未到中年，有一種莫名的魅力。她只是面色陰沉地打量著艾芒，卻不讓他進去，她的理由十分簡單明瞭：艾芒不是瑟文奈特夫人的親戚。見沒辦法進去，艾芒連忙詢問瑟文奈特夫人的情況。

值得慶幸的是，瑟文奈特夫人還活著，只是全身癱瘓了而已。艾芒又提到了瑟文奈特夫人的女兒克勞黛。

納希霍一下子就猜到了艾芒的目的，小聲提醒他：「倘若你不再喜歡克勞黛小姐而是喜歡我，可能會多分上幾百萬法郎或者更多。」艾芒則嚴肅認真地告訴納希霍，克勞黛小姐已經同他的好友德拉克中尉訂婚了，他此次前來完全是受人之托，無論是錢財還是克勞黛小姐他都沒興趣，更不會為了錢娶一個自己不愛的人。

兩人爭執之際，黑暗中出現一個拿著蠟燭的人，那人用顫抖的法語說，他聽到爭執才趕了出來。借著微弱的燭火，艾芒認出那是自己哥哥的朋友杜勒克律師。正是他寫信通知艾芒的哥哥，說已經勸說瑟文奈特夫人改變態度，讓艾芒趕快來辦理具體事宜的。不過現在杜勒克先生十分後悔，因為就在昨天晚上，一份對在場每個人都意義非凡的檔案消失了。

艾芒提出想見一見在死亡線上徘徊的瑟文奈特夫人，於是情緒低落的杜勒克領著他進了一個正方形的大房間。這個寬敞的房間裡只放了一張類似中世紀的古董床，周圍有四根床柱還帶著一個華麗的床頂，綠色的床幃將大床的三面緊密地遮掩著。

透過床幃，艾芒能看見已經骨瘦如柴的瑟文奈特夫人。她有些僵硬地躺在床上，睡帽的帶子也緊緊地扣在下巴上。她乾枯的嘴唇翕動著卻沒有聲音，只有那雙可怕的綠眼珠，正滴溜地轉著，看向來人。

杜勒克用英語輕聲地向一旁的美國醫生哈丁詢問老太太的情況，不過答案依然令人失望。這位吝嗇的夫人還有幾個小時能活，也可能更短。此時，艾芒才注意到壁爐那邊堆著許多沒點燃的煤塊，壁爐旁邊的椅子上坐著一位當地的員警。員警無所事事地用折疊刀剔牙，大概因為聽不懂法語，他對來人也不是很關心。納希霍女士沉默地在艾芒身邊踱步，半睜半閉的眼睛像寶石一樣發光，看不出她究竟是不安還是幸災樂禍。

被眼前的情況搞得一頭霧水的艾芒像百米衝刺一樣跑出了府第，回到了普拉特酒吧。他想把滿腦子的疑惑告訴給酒吧裡的朋友，特別是那位懂得法語的珀里先生。

此時已是深夜，街道都不見人影。酒吧裡更是空蕩蕩的，只剩下那個紅鬍子大哥醉倒在桌子邊。珀里先生依然坐在角落裡，望著杯子發呆。艾芒坐在了珀里先生的對面，珀里有些不自在地起了身，能有艾芒的陪伴很是榮幸的。他叫了酒吧侍者，不過在把手伸進口袋後，面色發窘地頓住了。艾芒自然也不會讓珀里付錢，急忙買了單，要了白蘭地和杯子。

東西一送到，珀里就起身幫艾芒倒酒，又給自己倒了許多，一口氣喝了三分之一。之後他善解人意地看向艾芒，等待艾芒說話。已經累壞了的艾芒把前後兩小時的經歷敘述了一遍。

瑟文奈特夫人已經病了很久，但是直到今天淩晨她還能正常起床。當時她的情緒很好，而在前一天，她已經在律師的勸說下簽署了一份遺囑，把錢留給了女兒。當然這一切是避開納希霍進行的。

律師杜勒克先生把遺囑寫在三張羊皮紙上，然後偷偷在湯瑪斯街上找來兩個神志清醒的人作見證，然後，瑟文奈特夫人在遺囑上簽了字。正當杜勒克準備收好文件時，瑟文奈特夫人驚叫了起來，她一把奪過那幾張紙，說想要自己保留一個晚上。她說希望能夠記住這遺囑上的每個字，就算是睡覺她也會妥當地藏好的。

杜勒克先生擔心地指了指窗外，夫人很快就意識到，他說的是納希霍。夫人說道：「沒關係，沒人能從鎖著的窗子和有人守衛的房門闖進來。」她更是要求杜勒克先生當晚留宿在他家裡，守在門外。當時已經凌晨一點多了，雖然杜勒克有些猶豫，不過他想想在巴黎的克勞黛小姐，想想與夫人之間的交情就同意了。他在門外夫人指定的地方擺上了寫字臺，看著夫人慢慢上了床。關門前，還看見了夫人的側臉，並在夫人右邊的桌上點燃了一支蠟燭。

凌晨五點，屋子裡傳出一聲像是聾啞人發出的嘶吼。聽到這樣的聲音，杜勒克不由得一驚，急忙衝進房間，看見瑟文奈特夫人僵硬地躺著，連臨睡前點亮的燭火也即將要熄滅。杜勒克試著問她一些問題，她只能轉動眼珠回答，而那份至關重要的遺囑，已經離奇失蹤了。

屋子裡能看見的角落都沒發現遺囑。杜勒克先生大聲詢問夫人，就像是在對耳聾的人說話。可是夫人的眼睛死死地盯著床上的玩具兔子，接著她的眼珠開始轉動，杜勒克順著目光看去，看到了門邊牆上的晴雨錶。在蠟燭熄滅前，夫人一共做了三次一模一樣的動作。

杜勒克相信遺囑一定沒被人偷走，畢竟連一隻蒼蠅都無法鑽進來；遺囑也沒被藏起來，因為能藏東西的角落都被搜了個遍，就連牆壁、天花板和傢俱都沒放過。

在艾芒到達宅第之前，有十四個人在房間裡搜尋過瑟文奈特夫人的遺囑，就連夫人緊緊盯著的兔子，也被割開翻了個徹底。艾芒走進屋子，手足無措地看著晴雨錶，拍了拍，檢查看看有沒有遺囑的影子，又四處走了走，檢查一切地方。櫥架上放著幾本滿是塵埃的書，還有一張揉成一團的《太陽報》，除了這些，艾芒什麼都沒發現。

忽然，房間裡傳來律師杜勒克的聲音：「那女人一定知道！」他說的是納希霍，「你快說，遺囑放在哪裡了？」

納希霍一臉無辜。杜勒克憤怒了，他索性直指主題：「說，是不是找不到新遺囑，你就會繼承全部財產？」納希霍先是點頭承認，然後又像是飽受冤屈一樣，對天發誓，說自己絕對不知道新遺囑在哪。她說，也許瑟文奈特夫人後悔自己做的決定，趁人不備燒了新遺囑。

這時候，聽不懂法語的員警，抱怨聽不懂別人到底在說什麼，腦袋裡在想什麼。「腦袋」這兩個字給了艾芒很大的提示，他突然想起瑟文奈特夫人頭上那頂寬大的睡帽，不由得用英語說了出來。那個員警頓時領悟，衝到床邊，不過並沒有找到遺囑，反而可能因為手腳太重，使夫人永遠地閉上了雙眼。納希霍頓時大笑起來，艾芒則瘋了一樣地衝回酒吧。

開始時珀里先生聽得十分認真，後來漸漸漫不經心地盯著手中的玻璃杯，不停地轉動。他思考再三，問了艾芒兩個問題。一個是玩具兔子在床上的準確位置，一個是遺囑是寫在羊皮紙的一面還是雙面。雖然這兩個問題有些古怪，但艾芒還是認真地回答了。兔子放在床腳，床橫向的中點處；遺囑只寫了一面。

珀里先生好像證實了自己的想法，突然抬起頭。他那張因為喝多了而變紅的臉正對著艾芒。雖然他的目光有些失了理智，但說話卻很有條理。珀里就像法官審判一樣，稱呼艾芒的全名，說自己能夠幫忙找到失蹤的遺囑。在珀里先生看來，他們將簡單的問題複雜化了，因而誤入歧途。此時，珀里先生嚴肅起來，對艾芒說：「我明天就要乘坐帕納薩斯號去英國，之後再去法國。如果你不相信我的話，現在就可以離開。」

艾芒懇求珀里指點，珀里先生就開始講述自己的推理。他認為，事情應該是這樣的：

瑟文奈特夫人在午夜藏好了遺囑，她不僅擔心遺囑會被納希霍拿走，更害怕別人跟那個女人串通。夫人相信一旦自己中風死去，員警會立刻出現，很快就能發現她的計策；倘若她癱瘓了，也有其他人待在房間裡，保護著遺囑。夫人最後看的並不是玩具兔子，雖然大家都以為夫人盯著它。

床的三面都被帷幔遮蓋，只有朝門那側沒有，夫人盯著放兔子的地方，然後轉動眼珠，是想讓人拉開床幃，而床幃後面是壁爐。

「壁爐！」艾芒興奮得幾乎叫出聲來。

珀里先生依然緩慢地推理著：房間的晴雨錶，顯示著「雨、冷」，意味著寒潮即將到來，可是偏偏四月的這一天外面不冷，而且屋子裡是悶熱的。如果將異常的天氣和壁爐聯繫起來，就會發現關鍵。寒潮來的時候，要生火自然要先點燃煤，點燃煤不僅需要用到引火的木柴，更需要紙。

「紙！」艾芒又一次叫出聲音。

「通常用來點火的過期報紙卻在房間的小櫥架上發現。」說到這裡，珀里先生嘴角浮現出一絲不屑的笑容，他又喝了一大口白蘭地，紅著臉加快語速和音量說道：「如果你現在能及時趕到，一定會發現被揉皺的遺囑在壁爐邊的煤和木頭下面。無論是誰去看，只能發現一張髒兮兮的白紙，而有字跡的一面，恰巧就在下面。反常的天氣，沒有人去點火，就連納希霍也不可能去做，而且警官待在那裡，沒有外人能隨便碰這些東西。其實瑟文奈特夫人的意思，是提示和警告眾人，千萬不能點火，否則遺囑就真的化為灰燼。」說到這裡，珀里趴在桌子上，半夢半醒地保持沉默。這樣的推理看起來十分簡單，但卻並非所有人都能想到。

時間緊迫，艾芒顧不得思考，也顧不得道別，就如離弦之箭般奔回府宅。他回去時，警官剛好從樓梯上走下來，說自己已經完成任務，看來遺囑確實已經被死去的老人燒掉了。艾芒根本不相信這樣的結論，他直奔老太太的臥室，瑟文奈特夫人的遺體還擺放在床上，沒有人動過。屋子裡的蠟燭快要熄滅了，地板上放著一把刀，就是警官用來剔牙的那一把。只有納希霍一個人跪在壁爐前，劃著火柴，要將火柴丟進壁爐裡。

艾芒全身熱血沸騰，一個箭步推開那個女人，將手伸向了煤塊，果然發現了那張皺巴巴髒兮兮的羊皮紙。他興奮地大聲呼喊杜勒克先生，不過他沒留意到背後的納希霍，拾起了彈簧刀，正向他刺去。

幸好杜勒克及時趕到，艾芒的傷口不是很深，杜勒克先生再次叫回員警。艾芒見自己沒有什麼事，便準備重返酒吧感謝幫了大忙的珀里，至少付他一些應得的報酬。

不過到了酒吧，他卻發現珀里原先坐著的桌子旁空無一人。他向態度殷勤的酒吧侍者詢問，那侍者氣呼呼地說：「他們早就把那個流浪漢丟到街邊的水溝裡了，估計他要很久才能站起來。因為那個窮酒鬼，明明付不起錢，卻點了一瓶最貴最好的白蘭地。丟出去之前，他們還讓他寫了張借據。」

艾芒氣得青筋暴起，他解釋道，那瓶白蘭地是他要的，錢也會由他來付。這時候，酒吧侍者似乎想起，那個瘋瘋癲癲的酒鬼一直念著有個紳士會幫他付清債務。

一切真相大白，憤怒和解釋都無濟於事，此時艾芒只想找到幫了大忙的珀里先生，因為他說他明天一早會離開美國，不知道今晚他在哪裡過夜。

「那是我的好朋友珀里先生。」艾芒說道。

聽到這個名字，酒吧侍者不禁冷笑：「你不會以為那是他的真名吧。當然，你也別指望他會把名字留在借據上，不信你拿出來看看。」

艾芒馬上從口袋裡掏出那張紙，上面寫著：

我欠你一瓶最好的白蘭地，價格四十五美分。

果然沒有寫名字。

11 鐘樓魔鬼

也許所有人都知道，這世界上最好的地方是，或者曾經是，一個叫做沃頓沃提米提斯的德國小鎮。它離所有的主要道路都很遠，是個世外桃源，所以，可能沒有讀者去過那裡。為了這些沒去過的人，我深入地介紹一下它。如果我的介紹能夠幫助那裡的民眾獲得大眾的同情，那我就更要這麼做。

在這裡，我將講述最近發生在鎮子上的那些不幸事件。如果你瞭解我，你就不會懷疑，一旦我自願挑起重擔，想要說些什麼，我就一定會盡最大的努力仔細調查，還會找一些權威人士複查，做到不偏不倚地還原事實。

根據我的調查，我確定這個小鎮從開始到現在從未變過。這一點，紀念章、歷史上遺留下的手稿和墓碑都能夠作證。不過，關於這個小鎮的建成時間，我只有一個含糊不清的答案。更糟糕的是，同一個問題的諸多答案總是互相矛盾，它們要嘛太尖銳，要嘛太過深遠，甚至有些事完全相反。我無法從這些答案中找出一個讓我滿意的，因為這些答案根本無法說服別人。或許那些酒囊飯袋說出來的事要好些，它們通常是這樣的：

沃頓的意思是平息的雷聲，沃提米提斯是閃電，它們合併在一起還有一個古老的含義，就是面對閃電。這倒是實話，在參議會大樓尖塔頂端的那些閃電劃過的痕跡，似乎證明了這一點。不過我決定不在這樣無關緊要的問題上浪費自己的時間，而是去一些參考書上查閱其他讀者關注的問題。我甚至像莎士比亞研究專家一樣，試圖從那些珍貴的古籍、史料中找出枝微末節。

儘管這個小鎮是什麼時候建立的，為什麼叫做沃頓沃提米提斯我無從得知，但有一點毫無疑問，即無論歲月怎樣流逝，這小鎮從來沒有改變過模樣，就連鎮上年齡最大的人，也說不出一丁點它外貌上的變化。事實上，一切關於改建的提議在這裡都是禁忌。

沃頓沃提米提斯坐落在一個圓形山谷中，四面環山。那個山谷的周長大約是四分之一英里，不過從來沒見鎮裡的居民對山的另一邊感興趣。

關於這一點，居民們說，他們根本不相信山的另一邊會有讓他們感興趣的事物。在山谷的邊緣，背靠著山崗，立著約六十棟房子，它們面向平原，距離平原中央大約有六十碼。山谷的邊緣，被居民們修整得很平坦，用扁扁的瓦片鋪著。這裡的每個屋子前面都有一個小花園，花園裡都有環狀的小徑，一個計時器和二十四顆捲心菜。由於太過相像，沒有人能夠把這裡的一棟房屋和另一棟區分開來。

這些房屋看起來有些老舊，形狀樣式都很古怪，不過要不是這樣，也不會如此引人注意。它們都是用那種被烈火燒得中間紅、兩端黑的磚頭堆成的，屋子的外牆看起來像是放大的圍棋盤，甚至有些時髦。屋子兩端各有一堵山形的牆，朝著正面，屋簷、門上的簷口還有房子的其他地方都大小一致，像是有特殊的規格。窗戶的窗子不僅又窄又深，還裝有很多窗戶格子，透明整潔的玻璃好好地鑲嵌其中。屋頂的瓦片很有特色，都是長耳瓦片。木工也頗具特色，所有的木質都是暗色調的，樣式單一卻經過精雕細琢。大概從很久以前，鎮上的雕刻師就只雕刻兩樣東西，一個是計時器，一個是捲心菜，他們把這兩樣東西雕刻得活靈活現，構思精巧並頗具創造性。

這些小屋不僅外面相似，連內部構造也如出一轍，就連傢俱的擺設也千篇一律，位置都沒有變化。屋子的內部和外觀相互映襯，方形瓷磚鋪成的地板，黑木做的桌椅，有彎曲的細腿和長得像小狗一樣的腳。高大的壁爐架，正面吊著計時器和捲心菜，最上面正中央還擺著一個真正的時鐘，就是那種滴答滴答響，會報時的時鐘。

在時鐘的兩邊，各放了一個花瓶，裡面插著捲心菜。花瓶和鐘的中間，還放著一個大肚子的瓷人像，瓷像的中間有個洞，能夠清楚地看見手錶的錶盤。寬敞的壁爐裡面，還裝有彎曲的柴火架，火精靈經常在裡面舞動著，火上架著一口大鍋，正咕嘟咕嘟燉著醃製的捲心菜和豬肉，散發著香氣，這時屋子裡的主婦總會目不轉睛地看著瓷像。

眼下這間屋子裡，照看大鍋的是一位個子不高身材略胖的老婦人。她那雙藍汪汪的眼睛像是會說話一樣，紅潤的面頰看上去氣色好極了。她穿著橘黃色亞麻羊毛混紡的長裙，戴著糖塊形狀、紫黃色帶子的帽子。衣服有些窄小，在大腿上面緊繃著。她有些粗的腿和腳踝被一雙好看的綠色長襪遮著，粉紅色的羽毛製鞋子很合腳。她的右手正握著長勺不斷在鍋裡攪拌，左手上戴著一塊精緻的德國錶。身邊還立著一隻溫順的肥貓，身上長著條紋，尾巴還拴著鍍金的玩具彈簧錶，不用說這一定是孩子的惡作劇。

花園裡，三個男孩子正在餵豬。他們都有兩英尺高，頭上頂著三角形的帽子，身上穿著珍珠母大鈕扣的大衣，裡面是紫色長背心，下面穿著剛過膝的鹿皮短褲，腳上還踩著一雙銀質大帶扣的重靴。別看他們年齡不大，但他們嘴上都叼著菸頭，右手還握著小小的錶，很有派頭。

他們噴一口煙，看看錶，再噴一口煙，看看錶。豬圈裡，那隻胖胖懶懶的豬拱食著掉下來的捲心菜葉子，還不時踢著被孩子們繫在尾巴上的鍍金錶。

房門右手邊的高背扶手椅上，坐著一個老人，看來是這家的男主人，他是位個子不高有些胖的紳士，有著圓溜溜的眼睛和肥嘟嘟的雙下巴，衣著打扮和那幾個孩子就像一個模子刻出來的，只不過他用的菸斗不是迷你型，錶也放在口袋裡。

比起手錶，他似乎對一些別的什麼更感興趣，這一點，我過一會兒會補充。他就這樣坐在那裡，翹著腳，臉上暗淡無光，卻無時無刻都至少用一個眼睛看著平原中央的某個顯著目標，那個目標就是鎮上參議會大樓的尖塔。

說到這裡，我不得不花些筆墨描述一下鎮參議會的成員們。他們都是矮個子，一個個圓乎乎的，看上去有些奸猾。他們最主要的特徵就是圓溜溜的大眼睛和肥嘟嘟的雙下巴。與普通居民相比，他們的外套更長，鞋子上的帶扣更大。在我逗留的時候，他們開了很多次特別會議。會議的內容冗長，簡單來說就是三點：「改變古老的傳統是錯誤；除了這個城鎮，其他地方的事物都無法忍受；鎮上的人要一輩子忠於時鐘和捲心菜。」

參議會議事廳上面的塔樓裡，存放著村民的驕傲——沃頓沃提米提斯鎮的大鐘，人們都很珍愛它。對於這裡的居民來說，它比大本鐘還要珍貴。坐在皮墊扶手椅上的老紳士一直望著的正是這座大鐘。這個尖塔有七面，每一面正好對應著大鐘的一面。無論你從哪個方向看來，都能輕鬆地看見大鐘，尤其是它那巨大的白色面盤和沉重的黑色指針。

鐘樓裡，有一位專門負責照看大鐘的看守人。這大概是鎮子上最清閒簡單的工作，因為沃頓沃提米提斯的大鐘從來都沒有出過問題。在這個鎮子上，就算是假設它會有問題，也會被視作異端邪說。因為從歷史記載的最古老時候，這座大鐘就每天準確報時。

實際上，整個鎮子所有的手錶、懷錶和時鐘都一樣，嚴苛地按照這個大鐘的時間走著。就好像這個城鎮是時間的王國，這大鐘就是國王，每當大鐘報時「十二點整」，他的所有子民和追隨者都相應開口。

就像這裡的人都喜愛醃捲心菜一樣，他們也都為自己的時鐘感到驕傲。就像那些名譽會長之類掛名閒職受人尊敬一樣，在沃頓沃提米提斯，最受人尊重的就是鐘樓的看守者，他也是這鎮上最顯赫的人，就連鎮子上的動物也對他心懷敬畏。他的大衣下擺也遠比鎮子上那些紳士長得多，就連他的菸斗、鞋帶扣也比其他人大上許多，他的肚子和眼睛也不例外。不過他的下巴，可不僅僅是雙層，而是三層。到這裡為止，我已經描述了這個鎮子的美好，它就像是一幅精美的畫作，讓人珍視。

在這裡，智者流傳著一句古老的諺語：「翻山過來的沒有好東西。」現在看來，這句話倒有些先見之明。

就在前天中午，十一點五十五分的時候，有一個奇怪的東西出現在東邊的山脊上。它引起了居民們的廣泛關注，幾乎每個正在注視大鐘的人，都驚慌失措地看著眼前出現的怪東西。

又過了兩分鐘，那個鬼東西漸漸能看出本來的面貌了，那是個矮個子的外國年輕人。他飛速地衝下山來，每個人都看得清清楚楚。看裝扮，他簡直是這鎮子上出現的最講究的人了：貼身剪裁的黑色燕尾服外套；同樣顏色的喀什米爾羊毛料子的及膝短褲，黑褲襪；裝飾著黑色綢帶的軟底平底鞋。他胳膊下一邊夾著巨大的綢子三角帽，另一邊是一個幾乎是他的頭五倍大的小提琴，左手還拿著個鼻菸壺，邁著古怪的步子輕盈地走下來，臉上還怡然自得。

他的長相不足以令人稱奇，不過也十分有特色，豌豆大的眼睛、高挺的鷹鉤鼻、一口潔白的牙齒，面呈暗煙色。我以上帝起誓，我沒有一絲誇大，這就是住在這裡的居民們的親眼所見。

實話說，雖然他滿臉笑容，不過那也是一張讓人看著不舒服的陰險邪惡的面孔，這些倒並沒有引起人們的懷疑。最讓人生氣的是，這個魔鬼一樣的男子，這兒跳一下西班牙舞，那兒跳一下旋轉舞步，卻從來沒跳對到拍子上。

這時候，所有的善良鎮民都沒有完全張開眼睛，只差三十秒就到正午了。那魔鬼蹦來蹦去，一會兒一個滑步，一會兒一個金雞獨立，就在一個原地旋轉和一個和風舞步之後，他飛上了塔樓，像飛鳥一樣輕盈。這可嚇壞了正在抽菸的塔樓看守人，他還沒反應過來，就被那個傢伙揪住了鼻子。

那魔鬼又是搖又是拽，還死命把看守人的帽子往下壓，緊接著又用那個小提琴使勁的打看守人。空空的小提琴因為敲擊發出的聲響就像是有人在塔樓裡打低音鼓一樣。不過鎮民此時沒有工夫顧忌他在做什麼，因為還有三十秒就到正午了。

鐘就要敲響了，所有的人都盯著手裡的錶，等待著鐘聲。「一！」大鐘鳴響，所有的老頭，也回應著「一」，他們的手錶也敲響了「一」，屋子裡的婦人的錶也響了「一」，孩子們的錶也響了，就連小貓小狗，院子裡的豬身上的錶，也響了。「二、」「三」……「十」、「十一」每一聲，都呼應著傳了很遠。「十二！」十二點了，所有的老頭都歡呼著舉起他們手裡的錶，不過還沒有停止。「十三！」大鐘又敲了一下。

「魔鬼！上帝啊，魔鬼來了！」老頭們都面色蒼白，放下他們翹起的腳，丟開菸斗。「上帝啊，十三下，大鐘響了十三下！」所有的人都失去了理智，我幾乎不知道用怎樣的詞彙才能描述接下來的混亂。「我的，我的肚子怎麼了？」孩子們高聲吼道，「這時候，我應該餓了。」所有的主婦們也都尖叫著丟掉勺子：「我的，我的醃捲心菜怎麼了？這時候它應該煮爛了。」接踵而來的是：「我的菸斗，我的菸斗怎麼了？真是該死，這時間它該抽完了。」老頭們怒火萬丈地填滿菸斗，坐回椅子，吞雲吐霧。所有的捲心菜湯都成了紅色，以時鐘形態出現的每一樣物件都像被惡魔附身一樣，不停地敲打著十三點。

山谷被煙霧籠罩，眼前的一切都扭曲的可怕。

貓和豬，都無法忍受繫在他們尾巴上的鐘，開始尖叫狂奔，它們到處亂跑亂撞。貓竄到人們臉上，從女人的裙子下穿過，到處一片混亂，稍有理智的人都難以想像。

最讓人生氣的是，那個不可救藥的魔鬼正竭盡所能地折磨看守人。鎮民不時地透過煙霧瞥見他，那魔鬼正騎在仰面朝天的看守人身上，吊著鐘猛拉。我現在想到那刺耳的聲音還覺得頭痛，耳朵裡嗡嗡作響。

他的膝蓋上，擺放著那把身形碩大的小提琴，他在演奏，不停地刮擦著。那曲子彷彿是《弗蘭那甘之朱蒂與芮弗迪之伯忒》，卻又跑調又錯拍，他那模樣完全像是個傻子。

一切就這樣發生了，原本美麗的鎮子就這樣變得淒慘混亂，連我也心懷厭惡地離開了。在此，我要代表這個鎮子上的人，向那些熱愛正確時間和好吃的捲心菜的人求助，求求你們幫我們趕走那個魔鬼，趕跑那個在塔樓上作怪的混蛋，幫助沃頓沃提米提斯人恢復他們古老美好的秩序。

驚悚大師愛倫坡

Allan Poe

12 與木乃伊對話

前一晚的討論讓我的精神有些衰弱，因此頭疼不已。今天我在家隨便吃了點東西，就準備休息，不打算出門了。晚餐並不豐盛，不過有我鍾愛的威爾士調味乳酪，雖然它會增加我的卡路里，但我卻毫不顧忌。不過，如果沒有黑啤酒，我建議你乾脆別嘗試威爾士乳酪。

就這樣吃了一頓簡單的晚餐後，我平靜地上床，準備一覺睡到明天中午。可事與願違，就在我剛進入夢鄉之時，傳來了砰砰的敲門聲。一分鐘後，妻子給了我一張旁隆洛醫生的便條，內容如下：

親愛的朋友，請在收到便條後儘快來我家，驚喜在等著你！經過鍥而不捨的努力，我們終於得到了市博物館理事會的首肯，允許我們開棺檢查那具我們期待已久的木乃伊。如果需要，我們甚至可以解開他的纏裹布對其進行解剖。包括你在內只有幾位朋友獲得了邀請，暫定於今晚十一點在我家開棺，請儘快光臨！

你真誠的旁隆洛

我看完便條後欣喜若狂，從床上一躍而起，以驚人的速度收拾好自己，馬上奔向旁隆洛醫生家裡。當我到達時，我發現友人們早已等得不耐煩了，那具木乃伊就放在桌上。我一進屋，對它的研究就立刻開始了。

我們嚮往已久的這具木乃伊是旁隆洛的表哥亞瑟·薩佈雷塔什船長，在幾年前從底比斯古城的利比亞山區，即埃勒斯亞斯附近發現並帶回的，那裡離尼羅河較遠。

當時船長帶回了兩具，這是其中的一具。因為這兩具木乃伊能為古埃及民間生活研究提供佐證，所以它們一出現就引起了世人的矚目。據說埋葬這兩具木乃伊的墓室裡還有很多這樣的實證，諸如壁畫、浮雕、精美的工藝品，等等，它們無不顯示出這座墓主人生前的富有和奢華。

而眼前這件讓人讚歎的寶貝，一直以來都按照薩佈雷塔什船長發現它時的樣子保存在博物館裡，絲毫未動。換言之，這具棺材到目前為止都未曾打開過。八年來，公眾到博物館參觀時，也只能遠遠地看一下它的外表而已。

此刻放在我們面前的木乃伊完整無缺，只要有一點研究經驗的人都該為我們今天的好運羨慕不已。因為這樣一具未遭洗劫的古代瑰寶能到達我們的海岸，並完整地成為我們的研究物件是極其難得的。

走近桌子，我看見桌上放置著一個長方形大盒子，或者說是個大箱子。它長約七英尺，寬約三英尺，高約兩英尺半，乍看起來不像棺材。開始，我們以為這個箱子的質地是埃及榕木，也就是俗稱的白楊，但經過切割，我們發現這只是人造木板而已，更準確地說，它是以紙莎草為原料製成的混凝紙漿板。數之不盡的繪有葬禮的畫面和表現悲哀主題的紋路、圖畫遍佈在棺材上，其間還夾雜有一串象形文字。這些象形文字分佈在不同的方位上，好像是這位死者的姓名。

格里登先生是這方面研究的專家，慶幸的是他也是我們的朋友。此刻他正在我們當中，因此他輕鬆地為我們翻譯出了這些字元。根據他的翻譯來看，那些發音簡單的字元代表了一個人的名字，叫做阿拉密斯塔科。

為了在不破壞木乃伊的前提下打開這個箱子，我們費了不少力氣。但好不容易打開了這個箱子後，我們發現裡面竟還裝著一個木箱。

這第二個木箱一看就是棺材的形狀，尺寸比外面那個箱子要小得多，除此之外竟一模一樣。兩個箱子間有少許縫隙，樹脂填補了這些空隙，但卻在某種意義上毀壞了裡面這個小箱子的色彩。

這次我們很輕鬆地打開了第二個木箱子，同上次一樣，第二個箱子裡果然還嵌有第三個木箱，仍是棺材的形狀，從外表看也與第二個木箱完全相同，只是這個箱子的質地是杉木，並時而散發出那種木料特有的芳香味。不像第一個與第二個木箱間有縫隙，第二和第三個木箱間緊緊相依，完全沒有縫隙，自然也不存在任何填充物。在我們很艱難地打開第三個木箱後，木乃伊終於完整地出現在我們眼前。

我們原以為，這次會像從前打開箱子時看到的那樣，木乃伊被一層又一層亞麻布帶或者繃帶包裹住。但事實是，我們看到的木乃伊只是被一種紙莎草做的纏裹物包裹著，纏裹物外僅塗有一層薄薄的鍍金描畫的熟石膏而已。

石膏上有各種各樣的圖畫，大多表現人們想像中靈魂應盡的各種義務，或是靈魂被引見給諸神的場面。還有一些繪畫則反映了許多完全相同的人物形象，對此我們估計，這很可能就是這具成為木乃伊的人的畫像。

木乃伊全身還包裹著一塊柱狀或豎狀的木碑，碑上篆刻著很多象形文字。經翻譯發現，這仍是死者的姓名頭銜以及他的親屬的姓名頭銜。除了這些外在的包裹外，該木乃伊的脖子上還纏著一個柱形的玻璃珠項圈。這個色彩斑斕的項圈上的玻璃珠排列順序，正好構成了與展翅的太陽相伴相生的諸神形像，以及聖甲蟲等的化身。這樣的項圈在木乃伊的腰上也有一個，當然這個也許該被稱為腰圈。

撥開那層纏繞著木乃伊的紙莎草，我們終於看見了這個神祕屍體的真實面目。屍體呈現出紅色，皮膚結實光滑且光彩熠熠，牙齒和頭髮也都完好無損，只是眼睛似乎被人劃去，改用玻璃珠代替。但是五光十色的玻璃珠恰恰使該屍體的眼睛大而有神，且這種神采間略帶著點堅毅，手指和腳趾被鍍上了一層晃眼的金。

整具屍體看起來完好如初，若非已知它沒有生命，我們說不定都會誤認為他是在靜靜地沉睡呢。

格里登先生在觀察後認為，屍體之所以呈現出紅色，瀝青起了很大作用。我們用一個工具輕輕地刮劃屍體表面，上面馬上落下一些粉末。我們將這些粉末投入火中，很快，整個房間裡便充斥著樟腦的刺鼻味道和樹脂的芳香味。我們在屍體上仔細尋找著通往內臟的開口，但卻毫無收穫。

在場的每個人都知道像這般沒有通道的完整木乃伊極其罕見，因為製作木乃伊的過程就是先從鼻孔中取出腦髓，然後在身體一側切開一個小口將內臟取出，接著剃鬚，將屍體清洗乾淨，用鹽浸泡上幾個星期，最後用那種學名為「惠存」的材料進行處理並加以整合，最後形成一具完整的木乃伊。但這具屍體卻沒有一點開口，於是旁隆洛醫生決定對其進行解剖，而此時已經是淩晨兩點了。最終大家一致決定將解剖工作推延到明晚再進行。

就在我們決定分手各自離開之時，突然有人提議說，不如我們用電療法對它進行實驗吧。

說實在的，為一具迄今已有三、四千年歷史的木乃伊通上電的想法談不上有多高明，不過倒是很新鮮。大家都好奇這個結果，於是決定試一試。懷著一分認真九分玩笑的心理，我們把這具屍體搬進書房，並準備好實驗中要用到的電池組。

首先，我們將屍體上最柔軟的部位——太陽穴那裡的肌肉裸露出來，然後將其通上電，結果與我們想像中一樣，屍體對電流沒有任何反應。為這難得的戲謔我們相視一笑，自我嘲笑了一番，然後互道晚安打算就此分手。

但是讓我做夢都沒想到的是，在我不經意地一瞥間，我發現原本那個靜止睜大的玻璃眼睛此時竟然被眼皮遮住了，只留下一小部分的白膜還能看見。我大叫起來，大家順著我的目光，也注意到了這個明顯的變化。對於觀察到的這個現象，我當時的反應不能僅僅簡單地用「驚恐」二字來形容，我想如果之前要不是有黑啤酒墊底，我很可能當場就變成精神病患者了。

而周圍的朋友也同樣被嚇得魂飛魄散：旁隆洛醫生是個可憐的傢伙；格里登先生早已逃得不知所蹤了；至於西爾克．白金漢先生，我相信他也無法對他當時嚇得手腳並用地爬到桌下的行為否認半句。但是片刻之後，我們從驚嚇中恢復過來，決定著手對其進行進一步實驗。

這次我們把電極插在了木乃伊右腳大拇指上，很快木乃伊有了反應，他先蜷起了右膝直至接觸到腹部，接著猛一蹬腳，將旁隆洛醫生踢到了窗外的大街上。

旁隆洛醫生很快回來了，我們越發覺得有必要好好研究那具屍體。於是在旁隆洛醫生的建議下，我們在屍體的鼻尖處切開了一道深深的傷口，並將電線接入鼻中。就這次實驗結果而言，不論從生理或是心理，不論從外在或是內在來看，都可謂驚心動魄。

首先，屍體睜開了眼睛，並一連眨動了好幾分鐘；隨後屍體竟像活人一樣打了個噴嚏；接著它坐了起來，又迎面打了醫生一拳。最讓我們驚異的是，屍體竟然用流利的古埃及語言對格里登和白金漢先生說道：

「先生們，我不得不說，你們對我的所作所為讓我既驚訝又屈辱。首先旁隆洛先生，在我看來他本身就是個可憐的白癡，我從來不指望他能幹出什麼好事來，因此對他的行為我能原諒。可是你們，格里登先生和西爾克先生，你們久居埃及，別人都把你們當成埃及人，可以說我們是同鄉人，尤其是你們那流利得如同母語的埃及語更讓我倍感親切。」

我從一開始就把你們當成我忠實的朋友，我本以為你們的行為一定會像紳士一樣，可是你們對我此刻受到的無禮待遇竟然默不做聲，你們說我該怎麼看待你們？在如此惡劣的天氣裡，你們竟然允許湯姆．迪克和哈裡打開我的棺材，剝除我的衣服，這又該讓我怎麼想呢？最可惡的是，你們竟然教唆並幫助那個可憐的白癡旁隆洛醫生拉扯我的鼻子，我真的不知道對於這些我該怎麼想？」

看故事的人看到這裡，看到我們遇到的這種情況，一定理所當然地認為我們一定會奪門而出或是失聲大叫，或者直接當場暈倒。

的確，這些情況都有可能發生，如果讓我去想，我也逃不過這三種情況。可事實是，我們這些人中沒有一個人表現出其中的任何一種情況，對此至今我都未能想明白。可是這又有誰能說清呢，也許只能到時代精神（一種不按傳統規律發展的精神，當下被人們公認為是自相矛盾和不可能事件的唯一解釋）中去找尋答案；又或者是，這具屍體平靜的神態、自然的語言讓當時的氣氛看來不那麼恐怖。但無論是什麼原因，結果就是我們中間沒有一個人表現出驚恐的樣子，至少從表情上來看大家都很平靜，沒有什麼異常。

至於我本人，在我看來一切如常，只是為了遠離這位古埃及人的拳頭範圍，我稍稍往旁邊挪動了一步；而旁隆洛醫生手插口袋，面色赤紅地盯著木乃伊；格里登先生豎起衣領，靜靜地摸著他的連鬢鬍子；白金漢醫生則像受了委屈的孩子一般，搖晃著腦袋，啃著自己的右手手指。至於那位埃及人，在打量了我們一圈後，接著說：

「白金漢先生，你怎麼不回應呢？你難道沒有聽見我在問你嗎？請你不要再啃手指頭了！」

白金漢先生聽後身體顫抖了一下，接著把右手手指從自己的嘴裡拿出來，但馬上又把左手手指送進去了。

埃及人見白金漢先生毫無反應，馬上轉向了格里登先生，以命令的口吻要求他給自己一個合理的解釋。格里登先生用古埃及語作了詳盡而精彩的闡述，如果不是當時美國不能印刷象形文字，我真想把他的話一字不差地記錄下來。

這裡我要說明一下，以下只要是有木乃伊參與的談話用的全是古埃及語，而除了格里登先生和白金漢先生外，我們對這種語言都一無所知，因此他們就充當了我們的翻譯。

據這兩位先生說，這具木乃伊的母語非常流利且動聽，但我得說由於年代的變遷，這位埃及人對於當下的很多詞語還是無法輕鬆地瞭解的。

例如，格里登先生為了讓這位埃及人瞭解「政治生活」的內涵，他選擇用炭筆在牆上畫出一個站在講臺上，左腳朝前、右臂朝後、緊握雙拳、仰望天空的紳士的樣子，但這位紳士個子小小、衣冠不整。而白金漢先生為了詮釋「假髮」這個詞的意思，更是將自己的假髮拿下來，好讓埃及人更清楚地瞭解。不難想像，格里登先生的這番解釋，一方面包括了研究木乃伊對科學和人類發展帶來的深遠影響；另一方面則是為我們的行為對這位名叫阿拉密斯塔科的木乃伊所造成的傷害感到深深的歉意。

話音剛落，格里登先生就暗示我們可以繼續進行研究了，於是旁隆洛醫生又開始準備他的研究器械。而阿拉密斯塔科對於格里登先生最後的暗示，似乎表現出了一種難以理解的某種精神上的不安，不過他倒是直接表示他接受了我們的道歉。

於是他從桌上躍下，與我們一一握手言和。握手儀式一結束，我們就投身於修補阿拉密斯塔科身上那些被我們用手術刀造成的傷口，我們縫合了他太陽穴上的創傷，包紮好他的右腳，並用黑膏藥對他的鼻尖進行了修復。

這時我們才發現，因為天氣寒冷的緣故，阿拉密斯塔科全身微微顫抖著。旁隆洛醫生馬上從他的衣櫃中取來各種樣式的不同外套、背心、手杖等對他進行全面武裝，但是由於身材太過高大，阿拉密斯塔科很辛苦地才把這些衣服穿到身上。

不過總算是皇天不負苦心人，阿拉密斯塔科最終被穿戴一新。接著格里登先生挽著他的胳膊，將他領到壁爐旁坐下，僕人很快送上了雪茄和美酒。大家輕鬆地聊了起來，我們對於阿拉密斯塔科還活著的事實都表現出了強烈的好奇。

白金漢先生首先說道：「我原以為你早就去世了呢。」阿拉密斯塔科吃驚地回答說：「怎麼可能，我只有七百歲多而已，我父親可是活了近一千歲呢，而且他死的時候都是很清醒的。」

阿拉密斯塔科的話引出了我們一連串的追問，結果我們終於瞭解到，以前對這具木乃伊的估算完全錯誤。從他被放入埃勒斯亞斯附近的墓穴至今，已經過去了五千零五十年又幾個月了。

白金漢先生接著又問：「雖然我十分願意承認，你其實還是很年輕的，可是我剛剛的問題與你的年齡並沒有什麼關係。我想知道的是你被瀝青包裹了這麼長的時間——」

「被什麼包裹？」

「被瀝青包裹！」白金漢先生重複了一遍。

「哦，我明白你的意思了。其實在我那個時代裡，我們都用氯化汞。」

旁隆洛醫生繼續提問：「可我不明白的是，既然你五千年前就已經死亡被埋在埃及，怎麼今天又會復活，而且看上去臉色還很紅潤呢？」

「如果我真的已經死亡，那我現在肯定是一具沒有反應的殭屍，因為你們剛剛用到的電流療法實在太低級了。在我們那個時代，這連最基本的事情都完成不了。總之，事實是我並沒有死，只是陷入了深度昏迷，可我的好朋友以為我已死去，於是就把我惠存起來了。你們應該知道『惠存』的原理吧？」

「聽說過，但不完全瞭解。」

「你們真是太愚昧了！現在我也不能和你們詳細解釋，不過我可以告訴你們。在埃及，嚴格地說，惠存就是讓肉體功能無限期中止，當然這個『肉體』不僅包括生理，也包括精神。因此我必須再強調一下，所謂惠存最主要的就是讓肉體功能立即停止，並保持無限期的中止。再簡單一點說，就是指被惠存者在惠存前處於什麼狀態，就會一直保持同樣的狀態。而我因為幸運地擁有聖甲蟲的血緣，因此我能活到今天，也就是你們現在看到的樣子。」

「聖甲蟲的血緣！」旁隆洛醫生失聲喊道。

「是的。聖甲蟲是一個顯赫而人丁稀薄的世襲貴族家的標誌，所謂『聖甲蟲血緣』就是指那個家族中的一員。」

「可這與你至今活著有什麼聯繫呢？」

「這是因為按照埃及的習俗，屍體被惠存之前必須被掏去內臟和腦髓，但是聖甲蟲家族可以不遵從這個習俗，因此我可以避免遭受去除內臟和腦髓的命運。試想，如果沒有這兩樣東西，我應該也活不到現在了。」

「這下我明白了，」白金漢先生說，「而且我想我們得到的那些完整的木乃伊一定都屬於聖甲蟲家族。」

「這毋庸置疑。」

「我想，」格里登先生溫和地說，「聖甲蟲一定是埃及諸神之一。」

「什麼之一？」阿拉密斯塔科忽然站起驚聲問道。

「諸神！」格里登先生重複了一遍。

「格里登先生，聽你這麼說我真感到羞愧。在這個世界裡沒有哪個民族敢說自己不是只有一個神的，但聖甲蟲和靈鳥對於我們而言只是一種通靈符號而已，正如其他的生物對於其他民族的意義一樣，我們只是希望透過它們表現出我們對於那唯一的創造者的崇敬。因為這位創造者太偉大了，我們無法直接向他表示崇拜之情。」阿拉斯密塔科說。

一時間大家都安靜了下來，最後還是旁隆洛醫生首先打破了沉默，「根據你的解釋，在尼羅河畔的那些墓穴裡很有可能還存活著聖甲蟲家族其他的木乃伊。」

「這一點毫無疑問，」阿拉密斯塔科回答，「所有被惠存前是活著的聖甲蟲家族成員，現在一定也還是活著的。當然有些故意被惠存的人也很有可能因為解存者的忽略，至今仍躺在墓穴中。」

我馬上問道：「你能解釋一下什麼叫『故意被惠存』嗎？」

「榮幸之至，」木乃伊從容地打量我一番後，回答了我這個第一次提問的人，「在我那個時代，我們的平均壽命是八百歲左右，若無意外發生，基本沒人會在六百歲之前死去，當然也有人能活到一千歲以上，正如我的父親，不過大部分人都在八百歲左右。」

「結合我剛剛跟你們說到的惠存原理，我們那裡的人基本用分期生活的方式來過完自己的一生，因為這對科學和歷史來說都大有益處。」

「我舉個例子，比如一位歷史學家，他已經五百歲了，他嘔心瀝血地寫成了一本書，然後他請別人把他惠存起來，之後給他的解存人留下指示，比如五百或六百年後再將他解存。等到他復活後，他就會發現他的巨著早已變成其他人肆意爭論的物件，同時他也可能發現，那些所謂的註解者其實是在曲解他的原意，以至於他自己都開始懷疑自己的著述了。此時，他就會根據自己的經驗和知識，著手改變當代人對他的誤解和扭曲。而也正因為有這樣不同時期的哲學家、歷史學家，我們的歷史才不至於被篡改得面目全非。」

這時旁隆洛醫生起身拍了拍埃及人的手臂，說：「對不起，我可以打斷你一下嗎？我有一個問題想請教你，你剛才說那位歷史學家親自糾正關於他那個時代的傳說。我想問的是，按平均數來看，這些神祕經正確的部分一般能占到多大比例呢？」

「神祕經，這個詞用得好！不過就過去的情況來看，正確率幾乎為零，也就是說幾乎是大錯特錯。」

醫生繼續問：「可是，既然你已經在墓穴中待了五千多年，那我可以說你那個時代的歷史至少在人們普遍感興趣的問題上，現代人應該是有足夠認識的，至少有和你知道的一樣的部分啊。畢竟這個世界的創造僅是在你那個時代一千年前開始的。」

阿拉密斯塔科沒有聽懂醫生的問題，在大家的解釋和不斷地複述中，阿拉密斯塔科才大致明白了問題，接著他吞吞吐吐地說道：

「我得說，你的這些概念對我而言都太新了。在我那個時代，我們都沒有這樣的想法，比如我們從不認為宇宙有個開端。我還記得曾經有且只有一次，一位智者暗示過我們有關人類起源的事情，而當時他也提到了你們剛剛說的『亞當』這個名詞。但是智者當時應該說是從廣義上使用的這個詞，正如幾大群人類的自然發展和幾個不同區域的自然發展一樣。」

大家都有些不屑地聳了聳肩，西爾克．白金漢先生在輕蔑地看了阿拉密斯塔科的後腦勺一眼後，發表評論說：「你們那個時代的壽命長度，和你們那分期生存的生活方法，我相信這些肯定都有利於知識的擴展，因此我敢說與我們現代人相比，尤其是與新英格蘭人相比，你們是相當有智慧的。但是你們所有科學項目方面都不是很發達，我想這只能歸因於你們的頭蓋骨太大了。」

「我不得不說，」阿拉密斯塔科謙遜地說，「我對你剛剛說的『科學專案』並不是很懂，它指的是什麼？」

於是我們又發揮全部知識，為他解釋各種諸如骨相學之假定和動物磁性說等科學內容。而在聽完我們的介紹後，阿拉密斯塔科也給我們說了一些鮮為人知的逸事。隨後我問阿拉密斯塔科，在他那個時代能否計算出日食和月食。他驕傲地回答說：「當然能！」

接著我們又交流了一些有關天文學方面的知識，這時一直不曾開口的朋友對我耳語道：「你最好去看看托勒密的書，和普盧塔赫的月相說。」

而在我與木乃伊談到凸透鏡和凹透鏡的製造時，我那位寡言的朋友又請我看看狄奧多·賽古盧斯的書，至於阿拉密斯塔科，則只是以問代答，甚至反問我們現代人是否擁有能雕刻出像埃及風格的貝雕那樣的顯微鏡。就在我思考答案之時，旁隆洛醫生突然丟臉地嚷道：

「請看看我們的建築！紐約的鮑林格林噴泉！華盛頓的國會大廈！」

接著醫生又詳細談到這些建築的宏偉，像是國會大廈光是門廊就有四十二根直徑五英尺、間距十英尺的圓柱。阿拉密斯塔科遺憾地說自己已經不記得那些建於史前時代的建築的精確尺寸了，只記得在他進入墓穴前，那些建築的廢墟依然挺立在底比斯城西面寬闊的沙土平原上。

不過說到門廊，他倒是提到一個叫卡納克的地方有一座小小的神殿，該神殿的門廊由一百四十四根周長三十七英尺、間距二十五英尺的圓柱構成，估計裡面塞進兩、三百座國會大廈也不是不可能的，而這在他們那裡還只是一個非常微不足道的建築。但是阿拉密斯塔科仍然被迫承認我們的鮑林格林噴泉還是很有特色、很精巧的，就是在埃及或者世界上其他地方這樣的建築也不多見。

這時我又請阿拉密斯塔科談談對我們的鐵路的看法，他對我們的鐵路大加批判，指責它們不結實，設計不合理，結構粗糙，等等，總之與古埃及不可同日而語。接著我們對於機械動力、鋼、民主、蒸汽等都進行了一番討論。

就在我們越發暴露出自己的淺薄之時，旁隆洛醫生替我們解了圍，他質問阿拉密斯塔科：「古埃及人是否妄想在所有重要的領域，甚至服裝上都與我們現代人一較長短？」阿拉密斯塔科聽後，看了看自己的衣服，無言以對，於是我們又恢復了元氣，感到從未有過的舒暢，不久我們禮貌性地朝他點點頭，告辭離開了。

回到家時已經是淩晨四點多了，我馬上上床睡覺。

三個小時後我起床記下了這件事，我感到我的家、我的妻子、我生活的十九世紀，都讓我厭煩不已，我確信這個世界出了問題。同時我也急切地想知道二〇四五年誰會當美國總統，因此我刮完鬍子，喝完咖啡就去找旁隆洛醫生，期望他能把我製成木乃伊「惠存」二百年。

13 瓶中手稿

在異國他鄉遊蕩了多年後，我在某年踏上了前往巽他群島的旅程。我從巴塔維亞港出發，它就在聞名遐邇、物產豐富、人口眾多的爪哇島。我之所以開始這段旅程，只不過是因為我好像被鬼神纏住一樣，心神不寧。

那是一艘噸位大約在四百左右的漂亮的船，船身鑲嵌著黃銅，孟買製造，用的是馬拉巴的柚木。船上裝著各式各樣的貨物，有產自拉克代夫的棉織品和油料、椰子殼纖維、椰子糖、酥油、可可豆，還有幾箱鴉片。

估計是貨物擺放時有些匆忙，它們安放得並不合理，因此導致了船總是搖來晃去的。我出發時是個好天氣，微風陣陣吹著我們離港，接下來的很多天，船沿著爪哇島的東海岸緩緩前行，沒發生什麼惹人注意的事，除了偶然遇到幾艘從我們的目的地開來的小船，這樣的行程顯得有些枯燥單調。

一天傍晚時分，我無聊地斜靠在船尾的欄杆上，遙望西北方的天空。有一朵造型獨特的雲孤零零地飄著，那是我自出發以來，第一次看見雲彩。它的顏色和形狀都很特別，因此格外引人注目，我就這樣看著它，直到太陽在海面上消失。突然，雲朵向東西兩方蔓延開來，在天水相接處，變成一道狹窄的煙霞，形狀就像是海岸邊的淺灘。

過了一會兒，我的注意力被升起的暗紅色月亮和罕見的海景吸引。大海千變萬化，海水也看著比平時更透明。儘管我能夠清晰地看到海底，但還是借來鉛錘量了一量，發現原來船下水深居然有十五英尺。這時候，空氣炙熱難耐，熱氣裊裊升起，就像是在熾熱的鐵塊上升騰一般。

夜晚來臨了，一絲海風也沒有，周遭寂靜得有些怪異，就算在船尾的甲板上，燭火也不跳動，捏著一根長髮，也看不見它飄動。我擔心地詢問船長，他卻說看不出什麼危險。

我們的船剛漂向海岸，船長就下令收帆，拋下鐵錨，他沒有安排人值班守夜。船上的水手大多是馬來西亞人，此時他們正躺在甲板上，肆意舒展著自己的身體睡下了。我帶著災難將至的預感，惴惴不安地回到船艙。說實話，種種跡象表明，熱帶風暴即將來臨。然而，我的擔憂沒能引起船長的注意，他甚至連一句話都沒回我，就無動於衷地走開了。

因為不安，我在床板上輾轉反側，久久不能入眠。午夜時分，我走上甲板想透透氣。就在踏上甲板扶梯最上面一級時，我驚呆了。伴著一陣巨大的嗡嗡聲，船身震動起來，我還沒搞清楚怎麼回事，一排高大的巨浪就從遠處襲來，一個浪頭從船梁末端打來，一波接一波地從船頭掃過船尾，沒有放過一個角落，整個甲板都被海水沖刷著。

其實在很大程度上，那排來勢兇猛的巨浪，拯救了我們的船隻，使其免受攔腰折斷的危險。雖然整艘船都灌進了水，桅杆也被巨浪折斷，但不久後船就吃力地浮出海面，搖晃一陣便趨於平穩了。暴風雨真的來臨了，不知是怎樣的奇蹟，讓我倖存下來。

我一下子就被巨浪打暈，醒來時發現自己卡在船尾柱和方向舵之間，真是萬幸。我使了很大的力氣，才勉強站起來，頭暈眼花，四處張望後我明白船隻遭遇了巨浪，而且它還被捲入了巨大的漩渦，我們被漩渦吞噬。不知過了多久，我聽到一個瑞典老頭的聲音，我記得他是在船快離港時，才匆忙上來的。

我用盡全身力氣，朝他大聲呼喊。聽到聲音後，他馬上蹣跚地朝我走過來，來到船尾。直到這時，我才發現我們是此次風暴中僅有的倖存者。甲板上空無一物，原本躺在那裡的水手們早就被掃落在海中。整個船艙灌滿了水，船長和副手們估計也在睡夢中死去了。周圍沒有任何船隻，我們根本無法操縱船隻擺脫險境。這艘船隨時都可能下沉，我們沒辦法採取任何措施，只是無助地呆立著。

船的錨索早就在第一陣颶風襲來時，被切割為一段段的，脆弱得像是包裹上的細線。此時的船，正隨著波濤，以可怕的、無法控制的速度前行。水流擊打著船舷，船尾的骨架也支離破碎。其實它早已經千瘡百孔了，只是之前我們沒有注意到。令人欣喜的是，水泵沒壞，壓艙物也沒有太大的移動。此刻，風暴最強烈的時候已經過去，所以，我們幾乎已經感覺不到來自風的威脅。

只是，我們的心情依然鬱悶，盼望著風暴能夠徹底平息。看著破舊的船體，我想接踵而來的巨浪，一定會置我們於死地。不過這樣合理的推斷並沒有立即應驗，這艘廢船在狂風的推動下行駛了五天五夜，用難以估計的速度漂行。雖然狂風不及之前的颶風猛烈，但也遠比我遇到過的可怕。

五天五夜，我和那個瑞典老頭，僅僅憑藉著從前甲板下水手艙裡好不容易弄到的少量椰子糖支持著。前四天，風向沒怎麼改變，船向南方遊移，憑我的判斷，我們正沿著不知何處的海岸漂流。

可到了第五天，風向驟變，更加偏向北方，天也冷得厲害。在地平線的地方，病態昏黃色的太陽探了出來，卻沒有光芒散射。天空中沒有雲彩，風則瞬息萬變，一陣一陣的越來越猛烈。大約正午，當然這僅僅是我們的猜測，太陽再度引起了我們的注意。它被朦朧昏沉的一圈光暈照著，沒有散發出光線，好像所有的光線都被融化了一樣。在它再度沉入喧囂的大海之前，光暈中間的部分突然消失了，就像是被人突然拿掉一般，只留下一個銀色的邊框，直直地墜入海中。我們只是徒勞地等待著第六天的到來。

對我來說，那一天還沒到來，不過對於瑞典的老人來說，那一天根本就不會來到。我們一直待在一片漆黑中，離船二十步以外看不到任何東西。黑暗密實地包圍著我們，黑夜沒有盡頭，就連我們熟悉的熱帶磷火也沒有照亮過海面。我們還發現，暴風勢頭不減地繼續肆虐，可是襲擊我們的狂濤巨浪卻消失了。在黑暗荒涼的海上，氣氛陰森恐怖。恐懼已經悄悄潛入了瑞典老人的靈魂，我也暗暗詫異。

我們不再關心這艘幾乎報廢的船，只是一邊望向無邊無際的海域，一邊盡可能地抱緊殘餘的後桅杆，希望能因此得救。我們沒有辦法計算時間，也沒有辦法猜測自己的處境，我們唯一清楚的是，船已經向南漂了很遠，漂到了未知的領域，那是任何航海家都未曾到過的地方。

出乎我們意料的是，一路上我們都沒有遇到冰山。我們隨時面臨的威脅不過是被巨浪吞沒。誰也不知道我們能活多久，也許下一秒就是生命的盡頭。

海浪仍然洶湧起伏，超乎我的想像。

真是奇蹟，在這樣的巨浪中我們沒有立刻葬身海底。一起掙扎的夥伴提醒我，這艘船品質上乘，不會輕易沉下去。可是我控制不了自己的恐懼，越來越絕望，好像死神就站在我面前，戲謔地嘲笑著掙扎求生的我們，我已經做好了隨時赴死的準備。

船每漂行一海里，大海就翻騰得更駭人，也更陰沉。有時候我們被拋在浪尖，越過天空中的信天翁，有時候又被暈頭轉向地捲入激流，被甩進地獄般的深水。那裡的空氣凝結了，沒有任何聲音能驚擾海妖的酣夢。就在我們掉下去的那一刻，瑞典老人的驚呼，打破了沉寂。「看，快看！」他大喊道，尖叫聲直灌耳膜，抵達心靈，「看！全能的上帝啊！快看！」他還在尖叫。我已看到了，沿著我們即將墜入的巨大深坑邊緣，散落著一絲朦朧陰沉的紅光。

我簡直不敢相信我的眼睛，我的血液停滯了，就在我們正下方不遠的地方，在一個下劈浪頭的陡峭邊緣，有一艘約四千噸位的巨輪正在打轉。它看起來比任何一艘戰艦和商船都還要巨大，整個船體黑漆漆的。我想即便是雕刻上任何常見的圖案，也不能減輕它的色調。

它敞開的炮門中探出一排金閃閃的黃銅大炮，正沐浴在戰燈的光亮下；繫在繩子上的戰燈左右搖晃，卻沒有掉落。在超自然的巨浪和颶風中，那艘船依舊開著風帆，向下風處駛去。

剛發現時，我們只看到船頭，因為巨浪正把它從陰森可怕的漩渦中緩緩拔起。更可怕的是，它還在浪尖停留了一會兒，才晃蕩著跌落，就像是沉浸在高高在上的威嚴之中，又突然隕落一樣。那一刻，不知道為什麼我像獲得救贖一樣，內心平靜下來。我跌跌撞撞地盡可能走到船的尾部，等待毀滅的時刻。

我們的船終於停止掙扎，船頭也沉入大海。接著，那被巨浪拋上雲端又從天而降的巨輪，撞上了我們已墜入水裡的船頭。一股無法阻止的力量，猛地把我拋擲到陌生巨輪的繩索上。我跌落下來時，巨輪已轉向上風，離開了深淵。

一片慌亂中，沒有水手發現我。我躡手躡腳地溜到巨輪中部艙口，艙門半開半掩，我趕忙躲了進去。我也不知道為什麼要這樣做，也許當我第一眼看到這船上的水手時，就直覺地無法信任他們。那驚慌的一瞥，讓我對他們既新奇又憂懼。因此，我連忙在船艙中尋找安身之所。我小心挪開一小塊活動甲板，在碩大的船骨間，為自己尋找能隨時躲藏的地方。剛要掀起活動甲板，就聽到船艙裡響起了腳步聲，我馬上又躲了起來。有個步態不穩的人，有氣無力地從我藏身的地方走過。

我看不見他的臉，只能打量他的大概形態。看得出，他已經年老力衰，連膝蓋都開始搖晃了，全身哆哆嗦嗦，嘴裡還不知嘀咕著什麼。我聽不懂他說的是哪國語言，只見他在角落怪模怪樣的機器和快爛掉的航海圖中摸索著。他神情是古稀老人特有的睿智和孩子一樣的暴躁，後來他上了甲板，自此，我再也沒看到過他。

一種莫名的感覺湧上我的心頭，這感覺用我以往的經驗教訓無法分析，估計將來我也不會明白。這樣的腦袋，用來思考未來真是不幸。我知道，我再也無法相信自己的那套觀念了。它們原本就含糊不清，此時無法確定也十分正常。我感到，新的東西像植物一樣，在我的心頭生了根，發了芽。在這艘有些駭人的船上待得越久，我越覺得命運之神已經為我指明了方向。

船上的人讓人費解，當他們從我身旁經過時，就像是在考慮什麼問題太過專心似的，沒有一人注意到我的存在。就在剛才，我還在大副的眼前走過，不久前，我還闖進了船長的房間，拿了紙筆。

我的躲藏全無意義，甚至只能證明我的愚蠢。我要用拿來的紙筆，將我的經歷記錄下來，就算沒機會讓世人知道，也要一直寫下去。實在沒辦法，我會把這份手稿密封在瓶子裡，丟進大海，希望有緣人能讓它們重見天日。每當出現新的事情，就給我啟發，讓我展開全新的想像，難道這就是老天的旨意？

不久之前，我壯著膽子，悄悄地走上了甲板。在快艇底部堆著的繩梯和破舊的帆布間躺著，思考著自己這神奇的際遇。無意間，我的手摸到了一把柏油刷，我就在輔助帆的邊上，隨意地塗抹著。現在那輔助帆張開掛著，而我的無意塗鴉居然恰好組成了「發現」這個詞。通過對大船構造的仔細觀察，我想這並不是戰船，儘管它的武器配備十分齊全。不過它究竟是做什麼用的，我實在說不清楚。

它的造型是我沒見過的種類，龐大的船身、大得離奇的帆，船頭看起來很樸素，船尾又透露著古老低調的奢華，我小心地在記憶裡檢索著，靈光一現又隨即消失，總覺得這個樣式在哪裡見過。記憶閃過國外的史略和年代久遠的事情，就連自己的一些模糊往事也伴隨而來。

我一直在研究船骨用的木材，那是我從沒見過的品種。它讓我想起了一位常年在海上漂泊的荷蘭老航海家的箴言：「千真萬確，船在海水裡會像水手的身體一樣，越泡越大。」

每當那位老航海家被質疑其經歷的真實性時，他總會說出這麼一句奇怪的話。如果說，用來造船的西班牙橡木是因為某種非自然的處理方式而膨脹，那這種木材自身就具備這樣的性質。它看起來質地鬆軟，讓人覺得不適合用來造船，且不用說遠洋旅行一定會遇到的蟲蛀，就連能否經受海水長久浸泡的考驗都令人懷疑，不過也可能是我太過於吹毛求疵了。

大約一個小時前，我放膽擠進了船員之中，但仍然沒有一個人意識到我的存在。他們的狀態和我之前在船艙裡看到的老人很像，都露出老態，身體孱弱，走起路來膝蓋微微顫抖。仔細看去，一個個頭髮灰白，背部微駝，皮膚粗糙得像是樹皮一樣。他們說話的聲音斷斷續續，十分低沉，就連眼睛也因上了年紀，被風吹得淚水漣漣。

這群人就這樣站在甲板上，任由狂風吹得他們滿頭的銀絲在空中翻飛，他們身邊的甲板上，四處散落著看上去怪裡怪氣的各種製圖儀器。

就在我之前提到的輔助帆張開時，大船就開始順風向南飛速行駛。掛在桅杆上的帆被風吹得鼓鼓的，就像要脹破了一般。

甲板上的船員依然怡然自得地工作著，沒看出一點不適，我卻站不穩了，只好走下甲板。這艘船沒被捲入海底，真是上天庇佑，我也許命中註定不會沉入深淵，只是在死亡邊緣掙扎。這艘船在我從沒見過的驚濤中航行，像海燕一樣輕巧地掠過。那些駭人的巨浪，只是嚇唬嚇唬人而已，不會真的造成威脅。我只能把一次次逃脫危險歸結為自然因素，可能有很大的水流或者海底逆流支撐著船隻，只有這樣才能解釋所發生的一切。

我進入了船長室，和船長面對面，但我卻依然像空氣一樣沒被發現。乍一看，他與普通人一樣，但看久了就能感受到他散發出來的威嚴，讓人不由得心生敬畏，甚至還混著驚訝。他大約和我一樣高，都是五點八英尺，身材中等，很結實。表情有些奇怪，整張臉刻滿了歲月的痕跡，讓人看著有些毛骨悚然。

我不知道該說些什麼，只覺得他的老態不僅讓我產生了恐懼，還夾雜著說不清的東西。他的前額並沒有很多皺紋，但每一道都被歲月侵蝕得十分深邃。他的灰白頭髮示意著過去的種種，渾濁的雙眼望向未來。在艙房的地板上，攤著厚厚一層書、鑄模科學儀器和看不清年月的過時航海圖。

船長用手撐著頭，目不轉睛地看著一張類似軍職委任狀的紙，那上面有君主的簽名。船長目光中透露著對祖國的忠誠，還有一絲不安。不知道他一個人嘀咕著什麼，滿是憤怒地說出幾句外國話。雖然他人在我身邊，但他的聲音卻像是從很遠的地方發出的，微弱又模糊。這艘船就像是幽靈船一樣，散發著古老腐朽的氣息。那些悄聲走來走去的船員則像是遊蕩了千百年的幽靈，雙眼散發著渴望和不安。

在戰燈的照耀下，哪怕是他們的指尖觸到我經過的地方，我也會產生一種特殊的感覺。這感覺我從未遇到過，即便我的心中一直銘刻著巴爾貝克、泰特莫、波塞波利斯那樣入土之人的影子，並一生都在跟他們打交道，但哪怕直到自己湮沒變為灰塵，也難以想像。

如果說，看到狂風來襲，我會嚇得渾身戰慄，但在看見狂風與巨浪的戰爭時，我只能呆若木雞，那情景就連用龍捲風和熱帶沙漠風暴來形容都覺得不夠貼切。世界一片黑暗，像是進入了永夜，海水也平靜了下來，可是距離船兩側大約三海里的地方，出現了高大的冰牆，就像是到了世界的盡頭一樣。

如同我的猜想，這船確實乘著水流，被夾帶著航行。如果這水流能被看做是洋流，那這洋流已經到達了目的地，從白色冰牆邊呼嘯而過，急速地向南流，就像是放平的瀑布一樣，水流肆虐著。

我根本無法說出心底的絕望，但是我依然對這片可怕地域的祕密感到好奇，我已經對可怕卻註定來臨的死亡妥協了。船像是帶著接近終點般的迫切，全速前進，駛向某個即將被揭開的祕密——某個激動人心無人知曉的祕密，即使那結局明明就是毀滅，也毅然前行。或許，水流想把我們帶到南極去，這毫無根據的猜測，完全有可能成真。

船員們還在甲板上不安地踱步，表情卻透著熱切的期盼而不是漠然的絕望。風依舊吹向船尾，帆高高漲著，船時不時騰空，真是嚇人極了！

不是左邊的冰塊突然崩裂，就是右邊的，驚險的情況一環緊扣一環。我們目眩頭暈地繞著一個大漩渦打轉，像在一座虛構的圓形劇場邊緣轉個不停。我根本沒有時間來思考自己的命運，就在大海和狂風的巨大轟鳴中被捲入漏流，無法掙扎。船體劇烈地顫抖著，不知道什麼時候會被撕碎，一下子消失不見。

哦，上帝！這艘巨大的船沉下去了，就這樣沉了下去。

14 你就是殺人兇手

拉托爾巴勒原本是個僻靜的小鎮，但是，一件兇殺案讓這裡不再安寧，事情發生在一個夏天。

巴納巴斯．沙爾沃斯先生是拉托爾巴勒鎮上的一位受人愛戴的富人，他住在這裡已經很久了。某個星期六的早晨，他騎馬向P城趕去，那裡離拉托爾巴勒鎮只有十五英里，計畫當天晚上就回到家中。

兩個小時後，回來的只有沙爾沃斯先生的馬，沙爾沃斯先生本人和他隨身攜帶的兩袋金幣均不知去向，那匹馬也受了重傷，看上去奄奄一息。這一突如其來的情況讓鎮上的居民感到無比驚訝。第一天中午，沙爾沃斯先生還是沒有回來，他的親友們焦急萬分，決定出去尋找。

領頭的人是沙爾沃斯先生的好朋友查理斯．古德費先生。他只在拉托爾巴勒鎮住了六、七個月，但因他為人真誠善良，所以深得他人喜愛，沙爾沃斯先生就是其中之一。他們倆是鄰居，又趣味相投，很快就成為莫逆之交。但是，查理斯·古德費不是很有錢，沙爾沃斯先生便常常邀請他到家裡來做客。有時古德費先生一天能去三、四次，他們會在吃飯的時候開懷暢飲，馬高克斯酒是他們常喝的酒之一，古德費也最喜愛這種酒。

一天，我曾親眼看到，在喝完馬高克斯酒以後，已經醉了的沙爾沃斯先生朝古德費先生說：「查理斯，你真行，我們雖然認識時間不長，但沒想到能在這麼短時間裡就成了好朋友。既然你這麼愛馬高克斯酒，我就訂一箱給你。」富有的沙爾沃斯對於古德費總是這樣照顧。

到了星期天，仍然沒有沙爾沃斯先生的消息。查理斯．古德費先生心急如焚，他之前就知道沙爾沃斯先生身上的兩個錢袋不見了蹤影，馬也受了重傷，前胸被打穿，留有兩個彈孔，但令人驚訝的是，這馬並沒有立即死去。

「我們還是再等等吧，沙爾沃斯先生一定會安全回來的。」古德費先生堅定地說。可是，沙爾沃斯的侄子彭尼費瑟極力反對，他覺得這樣等下去事情會更糟，其他人也表達了類似的觀點。於是查理斯．古德費不再固執己見，馬上同意外出尋找。

彭尼費瑟和自己的叔叔沙爾沃斯先生已經住在一起很久了。彭尼費瑟平時有些不務正業，遊手好閒，有時還會鬧事，鎮子裡的人因為他和沙爾沃斯先生的關係，都會讓他三分。所以，當他說要去找自己的叔叔時，大家只能聽從他的命令，而且，他明確指出要找到叔叔的屍體。

就在大家準備行動時，查理斯．古德費先生提出了一個令人不得不好好思考的問題：「您怎麼能確定你叔叔已經死了？看來，對於你叔叔的意外，你比我們大家知道的都多啊。」

誰說不是呢，彭尼費瑟怎麼能確定他叔叔已經死了呢？大家隨即議論了起來。

但是對於查理斯．古德費的質疑，彭尼費瑟根本不在乎，也不作任何回答。古德費對他的這種行為感到異常氣憤，兩人就吵了起來。對此，大家並不意外，他們本來就是冤家，兩人還曾經動過手。那次彭尼費瑟一拳將古德費打倒在地，古德費也狠狠地說，他會報仇的。只是，大家都知道，古德費是個寬宏大量的人，他那句話可能只是說說而已。

不管古德費和彭尼費瑟有怎樣的恩怨，但在這件事上，他們還是達成了一致：去找沙爾沃斯先生。至於搜尋哪段路程，彭尼費瑟堅持搜索拉托爾巴勒和城市之間的大片田野和樹林的伸展範圍，它們之間將近十五英里，或許會有什麼意外的發現。

但是古德費不這麼認為，他說沙爾沃斯先生是騎著馬去P城，而不是去什麼偏僻的地方，所以，他的行進路線不應偏離寬敞的道路，大家應該仔細查看道路兩側的地方，尤其是灌木叢、樹林。在場的大多數人都同意他的說法，於是，他們就在古德費的帶領下，順著道路兩側仔細地尋找，但是，他們找了四天，仍然什麼都沒找到。

這裡說的「什麼都沒找到」，是指沒有找到沙爾沃斯先生本人或者他的屍體，但是在他們找的地方，確實發現了一些搏鬥痕跡。他們沿著馬蹄向前搜尋，在走過好幾個拐彎處時，終於到達了一個污水池。那裡有明顯的搏鬥痕跡，並一直延伸到水池裡。在場的人馬上用工具抽乾了水池裡的水，在水池底部，他們發現了一件黑色綢馬甲，馬甲上佈滿血跡，非常破，但大家一眼就認出來，這馬甲是沙爾沃斯先生的侄子彭尼費瑟的。

這件馬甲，彭尼費瑟在他叔叔去P城的那天也曾經穿過，不過從那以後，這馬甲就再也沒有出現過。面對這樣的情況，彭尼費瑟驚訝不已，他知道這種處境對自己有多壞，所有人都在懷疑他，連僅有的幾位朋友也不再理他。但是，一向與他為敵的古德費先生卻為他說起了好話。

「朋友們，這只是一件馬甲，我們不應該這麼武斷地認定誰是誰非。大家都知道，我和彭尼費瑟先生之間曾經發生過不愉快，但我早已經原諒了他。對於水池裡的馬甲，彭尼費瑟先生肯定會給大家解釋清楚的。我們現在最應該做的就是幫他把這件事弄清楚。我的那位朋友，友愛和善的沙爾沃斯先生，現在依然不知下落，而彭尼費瑟是他的侄子，也是他唯一的親人，我們理應幫助他。」

古德費先生所說的每一句話，都能讓人感受到他的真誠和善良。此外，他的話還透露了一個重要資訊，彭尼費瑟是沙爾沃斯唯一的親人，也就是他財產的唯一繼承人。當時在場的所有人馬上明白，如果沙爾沃斯先生真的出了什麼意外，不在人世了，那麼彭尼費瑟就會繼承他所有的財產。

明白了這一點，大家都篤定彭尼費瑟就是殺害沙爾沃斯先生的兇手，隨即把他五花大綁起來，要把他帶回鎮上，接受懲罰。在回去的路上，古德費先生好像在路邊撿到了什麼東西，很快地放進口袋裡，但還是有人看到了他的這一舉動，在眾人的要求下，他只好把東西拿了出來。這是一把西班牙小刀，上面刻著兩個字母ＤＰ，在拉托爾巴勒，有這種刀的人只有一個：彭尼費瑟，而ＤＰ也是他名字的縮寫。

真相大白了，彭尼費瑟殺死了他的叔叔，目的就是早日拿到叔叔的財產，現在已經沒有繼續查下去的必要了。一個小時後，彭尼費瑟被押到拉托爾巴勒的法庭上。

法官審問彭尼費瑟：「彭尼費瑟，你叔叔失蹤的那天早晨，你去哪裡了？」

「我當時正在樹林裡打獵。」彭尼費瑟不假思索地答道。在場的所有人聽了他的回答後，都驚訝不已。

「你當時身上有槍嗎？」

「當然，我是去打獵，我帶了自己的獵槍。」

「你打獵的具體位置在哪裡？」

「就在去P城道路旁的幾英里處。」

彭尼費瑟所說的地方離那個水池確實很近。法官隨後要求古德費先生陳述一下找到馬甲和小刀時的具體情況。

此時，古德費先生突然流下了淚，顯出悲傷的模樣。「就像我之前跟大家說的，我和彭尼費瑟先生之間不愉快的事已經過去了，我不是記仇的人，大家應該能看得出。」古德費一邊說一邊擦拭眼淚，聲音嗚咽，斷斷續續。

「上週五，我像平常一樣和沙爾沃斯先生在一起吃飯，彭尼費瑟先生也在場。當時沙爾沃斯先生告訴他，他要在第二天凌晨帶著兩袋錢去P城，存進那裡的銀行。沙爾沃斯先生還非常鄭重地告訴他的侄子，他不會得到自己的任何財產，他會重新立一個遺囑。」

說完，古德費又斷斷續續地哭了起來。

「彭尼費瑟先生，這是真的嗎？」法官問。

「對，確實有這麼一回事。」

就在法官對兩人進行詢問的時候，傳來了沙爾沃斯先生的馬因受傷過重死掉的消息。古德費先生學過解剖，他解剖了馬的屍體，在馬的前胸找到了一顆體積很大的子彈，這種子彈一般是用來射擊巨型猛獸用的。員警隨後查驗了鎮上所有的獵槍，發現這顆子彈只能用在彭尼費瑟的獵槍裡。這下，連員警和法官都確認彭尼費瑟就是殺人兇手，他隨即被關進了監獄。而古德費則為他向法庭求情，請求法庭對他寬大處理，當然，他的請求沒起任何作用。一個月以後，彭尼費瑟被判犯謀殺罪，將處以絞刑。

在彭尼費瑟被判刑的日子裡，小鎮上確實平靜了許多。一個萬里無雲的日子，古德費意外地收到了W城一家釀酒公司的來信。信是這樣寫的：

親愛的查理斯．古德費先生：

在一個多月以前，我們收到了巴納巴斯．沙爾沃斯先生的一個訂購需求，要我們為您寄送一箱高級馬高克斯酒。現在，我們高興地通知您，我們已經把一大箱精製的馬高克斯酒裝車寄出。在您收到信不久，酒就會到達您的家裡。祝您一切順利，並請代為轉達我們對沙爾沃斯先生最真誠的問候。

您最忠實的霍格斯．弗羅格斯．柏格斯以及公司全體友人

六月二十一日，於W城

自從沙爾沃斯遭遇不幸之後，古德費已經不再喝酒，但是，面對這樣一箱好酒，古德費覺得可以適當地放鬆一下。所以，他就邀請自己所有的朋友第二天晚上到家中來痛飲一番。當然，他並沒有說明那酒是怎麼來的。

第二天晚上大概六點左右的時候，古德費家裡已經擠滿了人，我也在人群之中。桌子上佳餚豐盛，那箱酒八點才到。因為箱子太大太重，很多人加入了搬箱子的行列，我也是其中一員。

大箱子很快被搬進宴會大廳，在這之前，古德費已先用別的好酒款待賓客，大家喝得不少，有些已經醉了。裝酒的箱子進入大廳的那一刻，古德費就興奮了起來，他指著箱子說：「朋友們，安靜一點！這就是名貴的馬高克斯酒。」

說完，他就請我去開箱子，我當然樂意效勞。我輕輕地將箱子上的釘子一個一個地卸下。就在大家以為要看到昂貴的名酒時，一個滿身血跡和污垢的死人從箱子裡彈了出來。大家一看，這不是沙爾沃斯先生嗎！死者背靠著箱子，正好和古德費迎面相對，一陣濃烈的血腥味蔓延開來，同時，大廳裡不知為什麼突然出現了煙霧，大廳裡死一般安靜。那屍體的雙眼則狠狠地盯著古德費，突然他像被什麼鬼怪附了體一樣，開口說道：「你就是殺人兇手！我要你的命！」說完，應聲倒在地上。

我很難描述當時的情景，大廳裡亂作一團，客人們都發瘋似的往門外逃，有人因驚嚇過度暈了過去。但沒過多久，驚慌失措的人們就逐漸安靜了下來，他們將目光轉向古德費。此時的古德費正瑟瑟發抖，他的驚慌失措好像在暗示他做過什麼見不得人的勾當。突然，他直直地從椅子上跳了起來，撲向倒在地上的沙爾沃斯的屍體，嘴裡不停地向他懺悔。這些話，大廳裡的人都聽得一清二楚，古德費交代了他的整個殺人經過。

事情的真相是這樣的：

在那個週六的早晨，古德費騎馬緊跟在沙爾沃斯先生身後，他們一起去P城。在行至樹林裡的那個污水池時，古德費突然開槍射向沙爾沃斯的馬，然後用槍托猛砸他的頭部，想就此了結他。隨後他拿走了沙爾沃斯的兩袋錢，把沙爾沃斯奄奄一息的馬拖至灌木叢中，並把沙爾沃斯的屍體放在自己的馬上，運到離路邊很遠的一個小樹林裡藏了起來。當晚，他又偷走了彭尼費瑟的馬甲、西班牙小刀和一顆體積較大的子彈，並把馬甲和西班牙小刀放到了易被發現的地點。最後，他利用為死馬解剖的機會，佯裝發現了一顆子彈，以達到矇騙眾人，借刀殺人的目的。

在懺悔快要說完的時候，古德費已經渾身無力、兩眼無光，就像虛脫了一樣。他想要站起來，但沒走幾步就摔倒在地上，再也起不來了。他的倒下挽救了一個人：彭尼費瑟，這個差點走上絞刑架的人終於重獲自由。

寫到這裡，故事好像應該結尾了。但我敢肯定，您還有疑問：沙爾沃斯先生的屍體是怎麼放到箱子裡的？他不是死了嗎？死了為什麼還會說話？他真的是為了揭露兇手而「起死回生」的嗎？當然不是。這一切的背後還掩藏著一個人，這個人安排了一切，這個人就是我。

我對古德費非常瞭解，他挨了彭尼費瑟一拳以後，肯定不會就此甘休。當天他們發生衝突的時候我在現場，我記得古德費當時狠毒的目光，我能感覺出，這種目光背後肯定是個心狠手辣的人，只要找到機會，他一定會報仇。而且，在搜尋沙爾沃斯的時候，古德費竟然一個人發現了那麼多的「證據」，尤其是從馬的前胸取出了那顆子彈，更使我對他起了疑心。子彈是從馬的前胸穿過去的，按理說不應再在馬身上找到子彈，但古德費居然在解剖時發現了一顆。

這顆子彈是從哪裡來的？想都不用想，肯定是古德費做的手腳。之後，我花了大概兩個星期的時間，到處找沙爾沃斯先生的屍體。我當然不會在道路附近尋找，那裡不會有什麼發現，我選擇在離道路較遠的偏僻處找。皇天不負有心人，我終於在一個小樹林裡的枯井中發現了屍體。

下面的安排就不費什麼腦筋了。我記起沙爾沃斯先生曾經許諾給古德費一箱馬高克斯酒，所以，在弄到一箱酒後，我就將屍體放入箱子裡。我特地買了一根長約一英尺的鋼絲彈簧，把彈簧的一頭固定在屍體的頸部，然後把屍體放進酒箱裡，讓屍體捲曲起來。同時繫在屍體上的彈簧也捲曲起來。我將箱子壓死，並在蓋子的周邊釘上釘子。我知道箱子裡彈簧的威力有多麼大，只要一打開箱子，屍體就會蹦出來，而我也正等著那一天的到來。之後，我把箱子運到外地，再從外地把箱子寄給查理斯·古德費，那封信也是我寫的。

我暗中讓我的傭人在古德費舉辦晚宴的八點鐘把箱子運抵他家。

沙爾沃斯先生說的那句「你就是殺人兇手！我要你的命」當然也不是他說的，而是我說的。我經過長時間的練習，已經可以用和沙爾沃斯先生相差無幾的聲音說話。由於當時晚宴大廳一片慌亂、驚恐，許多人已經喝醉了，古德費也心中有鬼，所以，我模仿沙爾沃斯發出的聲音非常成功。那些血腥味和煙霧，是我事前準備好的藥水和煙幕彈。至於古德費說出自己的罪行，我並不感到驚訝，我驚訝的是，他會在說出事實後當場死亡，這可能也是許多人沒有想到的。

這件奇事真相大白後，彭尼費瑟又回到了拉托爾巴勒，名正言順地繼承了巴納巴斯．沙爾沃斯先生的所有財產。對於自己以前的種種不羈行為，他發誓痛改前非，朋友們也回到了他的身邊，生活又美好了起來。

驚悚大師愛倫坡

Allan Poe

15 凹坑與鐘擺

長期的折磨讓我感覺自己離死亡不遠了。當他們最後替我鬆綁時，我只覺得自己快要昏厥了。我清楚聽到的最後聲音，是一聲可怕的死刑判決，之後的那些聲音像蚊子飛行般在耳邊嗡嗡作響。恍惚間我聯想到水車，然後想起了「旋轉」這個詞。

在那之後，我就什麼都聽不見了，不過眼前的場景倒是很清晰。那裡有一位身著黑袍的法官，但我只能看見他白花花的薄嘴唇，那顏色比簽字畫押的紙還要白，薄得異於常人，那麼薄的嘴唇，說出的字句卻有千斤之重，那字句透露著對人類所受折磨的不屑。我看見了自己的判決，死刑的判決，正一字一句地從那張嘴吐出來。

一開一合間，我的名字出現在空氣裡。我看得見嘴唇在動，卻聽不見任何聲音，就像是看電影時設置了靜音一樣。我嚇得渾身顫抖，神志不清，目光不知道掃到哪裡好，黑色帷幔在無聲地起伏著，幅度很小，卻被我的眼睛捕捉到了。桌面上立著七根點燃的白色蠟燭，好像是頭頂聖光的天使，充滿著仁慈，似乎能拯救我。可是一轉眼間，它們就變成了冒著鬼火的厲鬼。

一個念頭鑽進了我的腦海，它告訴我長眠於地下是美好的，我想了很久，終於欣然接納。可正當我準備敞開心門之時，法官不見了，燭火也熄滅了，甚至看不見蠟燭的影子，我的眼前只是漆黑一片，什麼都沒有。所有感官消失了，我只剩下自己的意念，我覺得我正在急速地墜落，彷彿掉進了地府。

時間停滯了，周圍沒有任何聲音，黑夜掌控了一切。我昏了過去，卻仍保留些許意識，我不想描述，更不願意詳細說明究竟是怎麼一回事，不過我真的沒有喪失所有意識。我既不像是睡著了，也不像是嚇呆了；既不是徹底地昏過去了，也不是死了。就算是死人躺在墳墓裡，也不是完全地失去意識吧？不然怎麼會有靈魂不滅的說法？就像當我們從熟睡中醒來，總記不住自己的夢境一樣，人從昏迷中醒來，也有兩個階段：第一個階段，是思想或者精神上恢復了意識，能感知周圍的一切，卻無法控制自己的身體；第二階段，是肉體上的甦醒，人終於能夠控制自己的軀體了。

如果身心都恢復過來，還能想起第一階段中的影像，我們或許能發現，那些影像活靈活現地展示了昏迷中的狀況，如同人家說臨死之前能夠回顧自己一生一樣。如何才能把死亡的預兆同昏迷的預兆分開，昏迷又是怎麼回事？

就算我們假設第一階段的那些影像不會被隨便想起，可不能保證事過境遷後，它不會悄然而至。當它到來時，我們只是對它的來源做諸多的猜測，甚至驚訝它的出現本身。沒有昏迷過的人，一定沒見過懸浮在空中的奇怪宮殿和一張張熟悉的臉，在跳躍的火光中出現；也一定不會看見幻影，浮在半空中，時升時落又透著憂傷。沒有那樣經驗的人，是絕對不會對著沒聞過的花香思索很久，更不會被前所未聞的音樂搞得心神恍惚。

我常常在腦海中搜尋昏迷時眼前浮現的種種，試圖將那些內容擒獲。有時我常沉浸於對當時那種狀態的追憶，想要深陷下去，卻仍只能停留在表面。每當我以為自己抓住了線索時，理性的分析卻告知，那記憶只跟無意識有所牽連。這份時隱時現的記憶，朦朧地向我再現了當時的場景。我被一群高大的人影抬得高高的，然後被無聲無息地推落深淵。記憶裡只有自己不斷地下墜，下墜，意識全被這兩個字佔據，我感到一陣暈眩。

這份記憶還表明，當時我心如止水，只因為模糊的恐懼泛起些許波瀾。對於我，時間是靜止不動的，推我下去的人成群結隊，十分可怕。我的下落也沒有邊界，無休無止，直到身心疲憊、毫無力氣才停止。再之後，我回憶起我躺在一個平面上，周圍十分潮濕。接下來，便只剩下瘋狂，我承受不了的記憶要破殼而出了。

那一刻，我恢復了聽覺和對身體的掌控，我聽見自己胸腔中那顆心臟在瘋狂地跳動，之後腦海中便一片空白。我能感覺到聲音、動作和觸摸，全身遍佈一種刺痛感。我沒有了思想，只能意識到自己的存在，卻無法進行思考，無法分析現在的一切。

這樣的情形持續了很長時間，突然，思想復活了。我恢復了恐懼，努力想要瞭解自己所處的真實環境的想法也變得強烈。在我無知覺的腦海中，激起了強烈的渴望。我恢復了全部意識，手腳也可以活動了，所有的記憶朝自己襲來，法庭、黑衣的法官、帷幔、判決，等等。再之後，我遺忘的一切經由長久的努力，被模糊地記了起來。我一直沒有睜開過眼睛，直到今天也是如此，我能感覺到，我正躺著，但並沒有人用繩索捆綁我。我的手向四周摸索，碰到濕漉而堅硬的東西，於是我把手放在上面感知。

過了好幾分鐘，我一邊思考自己是到了哪裡，一邊忍受著手上傳來的潮濕和堅硬的感覺。我膽怯得不敢睜開雙眼，既畏懼張開眼後看到周圍的一切糟糕至極，又擔憂睜開眼後什麼也看不見。我的心情越來越糟，最後陷入絕望，最後，我忽然生出勇氣，猛地睜開雙眼。

和我想的一樣，周圍的環境糟糕極了。整整一夜，我被黑暗包圍，它們越逼越近，壓得我窒息。我大口大口地吸氣，卻仍然無法呼吸。稀薄的空氣讓我很難受。我只能靜靜地躺著，調動思緒，尋找自己的理性。我能想起審訊的情景，試著推測現在的情況。我被判處了死刑，這對我來說是很久之前的事情了，那現在的我其實已經死了。不過為什麼我還有意識，還能感覺到自己在動。

儘管小說中有各式各樣離奇的事情，但小說還是與現實存在著差距。這是哪裡？我是什麼狀態？靈魂？活著？通常，被宗教法庭判處死刑的人會被綁在火刑柱上燒死，就像處決巫女一樣。可是我受審的晚上，這樣的刑罰已經執行過一次。難道，我正等著數月後的另一次死刑，因此我被押解回死牢，爭取到了更多活著的時間？不過我覺得不可能，被判死刑的人總是立刻被處死。我待過的地牢和現在待的地方不一樣，那裡的石頭地板油光滑亮的，跟托萊多城的所有死牢一樣，而這裡卻密不透風，黑得要命。

忽然之間，腦海中閃過一個可怕的念頭。

我的心跳加劇，血液快速向全身散去。有一段時間，我又失去了知覺，一緩過來，我立刻跳起來，全身痙攣。我伸出雙手，向上下左右各個方向都摸了一遍，什麼都沒碰到。即便是這樣，我也寸步難行，生怕遇到什麼擋住去路，更怕阻我去路的是那冷冰冰的墓牆。我身上每個毛孔都張開了，都在冒汗，臉頰、額頭都滴落著大滴大滴的汗珠，冰冷冰冷的。

我焦躁不安，痛苦得不知道該做什麼。最後，實在控制不住自己，打算小心地向前移步。我的雙手筆直地向前伸著，試圖捕捉一絲的微光。我的雙目瞪得如銅鈴一般，幾步之後，我發現周圍依然什麼都沒有，黑漆漆的一片。看來我還沒有那麼倒楣，於是我稍稍平復了心情，讓自己能夠順暢呼吸，至少，我不是待在墓地裡。在我搜尋的時候，關於托萊多城的那些稀奇古怪的傳聞都湧了上來，其中有不少是關於這個地牢的，因為太過可怕，只是在人群中私下流傳。

難道法官們打算讓我待在這只有黑暗的地方，慢慢餓死？還是有更淒慘的刑罰等待著我？無論怎樣，我都會死得比別人痛苦，我十分確定這一點。我太瞭解法官們的德行了，不過我真正糾結的並不是死去的問題，而是怎樣死去，什麼時候去死。

我滿腦子都是關於如何死、什麼時候死的猜想，不知何時，我的前方終於有了東西。我的手指觸到了光溜、黏膩、陰冷的牆面，那是一堵用石頭砌成的牆。我躡手躡腳地、充滿警惕地順著牆走。這是在聽到一些古老的故事後，我覺得有用的方式。不過順著牆走卻不能幫我確定這個房間的大小，因為我可能在繞圈子，回到了原地也不自知，畢竟這面牆摸上去到處都一模一樣。我本想找出被我藏在口袋裡的那把小刀，上庭的時候它還待在那裡，可現在它不見了，連我的衣服也被換成了粗布的長袍。我想將刀插進牆裡確定一個起點，現在也不可能了。

我心慌意亂，看起來找不到解決這個問題的方法了。不過，很快我就想到了該怎麼做。我從衣服的下擺處撕下一小塊布，將它鋪到地面上，這樣，在我順著地牢邊緣走的時候，要是剛好繞上一圈，一定會踩到那塊布。不過我沒有仔細考慮地牢的大小，也沒有估算自己的體力，更沒想到地面的濕滑，走了一會兒就累倒在地上了。

由於過分疲憊，沒有力氣也不想起來，接著我很快便陷入沉睡。我醒過來時，伸出胳膊摸索，發現身邊放著一罐水，還有一塊麵包，我沒有工夫去想事情的緣由，筋疲力盡的我狼吞虎嚥地吃了起來。一會兒，我又重新開始了繞地牢行動的舉動。奮力撐了好久，終於回到放布條的地方。算來算去，跌倒前我走了五十二步，醒來後又走了四十八步才回到原點，一共一百步。

按照常人來算，兩步大約是一碼，那這個地牢的周長約五十碼，但是它的形狀我無法推斷，因為走的過程中，我遇到了許多轉角。我確認，我正待在一個地牢裡，我的探究行動沒有目的，也不是因為心中抱著逃生的希望，只是因為無法抑制的好奇心。出於好奇，我又開始了另一種探索，我不再沿著牆壁走，而是打算從地牢中間橫穿一次。最初，我的每一步都小心謹慎，因地面濕滑牢固容易讓人跌倒。

後來，我漸漸產生了勇氣，沒有遲疑地踏出每一步。我盡己所能地走直線，這樣走了十一、二步，就被撕去布條後的衣服下擺絆倒了，跌了一跤。我被摔得糊裡糊塗，沒有馬上意識到這其實是一個應該吃驚的情況。僅僅幾秒鐘，在我還沒完全爬起來的時候，我注意到了讓我吃驚的那點。我的下巴緊貼著地板，可是嘴唇和臉的上部，卻什麼都沒接觸到。同時，我嗅到一種混合著黴味的異味，我整個人愣在又黏又潮濕的霧裡。

我的胳膊又向前伸了伸，摸索到一道圓滑的曲線。我不由得渾身發抖，我跌到了一個不知道多大的圓坑邊緣。我在坑邊的坑壁摸索著，摳下一小塊岩石，扔進了前面的深坑裡。

好長時間之後，我才聽到它撞擊坑壁的聲響，之後是落入水中的發悶回音。就在這個時刻，我的頭頂傳來了人們快速開關門的聲音，一縷微光，劃破了眼前的黑暗，又迅速被黑暗吞噬。

我已經清楚地明白了他們為我安排的死法，甚至已經開始慶幸剛才跌的一跤。如果我多往前走一步，哪怕一小步，我就將跌入深坑失去性命，這種死法和傳說中宗教法庭處死人的方法一模一樣。通常那些被宗教法庭折磨的人，不是死於肉體折磨，就是死於精神謀殺，他們為我安排的恰是第二種。他們要我在這黑暗的環境中，飽受折磨，變成驚弓之鳥。

無論怎麼衡量，他們為我安排的死法，都是最殘忍的折磨。我渾身戰慄地摸回牆邊，坐在那裡，心裡暗暗地下了決心，絕對不再開始那可笑的冒險。估計這整個地窖，都佈滿了陷阱，等待我去觸碰。也許，要是別的時候，我會鼓起勇氣，自己跳入深淵結束生命，可此刻，我卻十足的貪生怕死。那些關於陷阱的描述不時地在我眼前出現，那些陷阱的可怕之處在於，它沒那麼簡單地讓你一下子解脫。

我心煩意亂地擔心了幾個小時，最後還是睡了過去。再次醒來時，身邊一樣放著水和麵包。對於渴得要死的我來說，簡直是福音。不過這次沒有上次幸運，水裡似乎下了某種東西，喝完之後，我敵不過龐大的睡意，又睡了過去。

不知過了多久，當我再次睜開眼時，眼前有了昏黃的光亮，我能夠看清四周，也終於弄明白這個牢室的形狀和大小了。在黑暗之中，我完全弄錯了，

15 凹坑與鐘擺

之前的努力完全白費。這間牢房，周長最多有二十五碼，其實，在這樣令人擔憂的環境裡，還有什麼比地牢的大小更無關緊要的呢？可是我被這芝麻綠豆大的事情綁住了，想要找出出錯的原因。仔細觀察之後，我才豁然開朗。丈量的時候，我數到五十二步就跌倒了，隨即睡著了，當時布條距離我不過一、兩步遠而已，醒來時我卻搞錯了方向，又繞了一圈。渾渾噩噩中我沒注意到，出發時牆在左手邊，到達布條的時候，牆卻在右手邊。

不僅周長出了錯，地牢的形狀，我也弄錯了。因為一路摸索過去時，我遇到許多拐角，所以我認定地牢形狀不規則。可是現在看來，地牢大致是個正方形，所謂的拐角，不過是牆上忽大忽小的凹槽。這些足以說明，對於一個剛從昏迷或者睡夢中醒來的人，黑暗能造成很大的誤差。就連地牢的牆壁，也並非石製，而是用巨大的金屬板，比如鐵板焊接而成。在這座巨大的金屬牢籠裡，牆的表面被粗魯地畫滿了各種讓人害怕又厭惡的圖案。它們都是宗教迷信中一些陰森恐怖的景象，面目猙獰的惡魔，重重疊疊的鬼影，可怕的圖騰，滿滿地充斥著整個牆壁，整個屋子失去了美感。那些精怪的輪廓還算清晰，但顏色早就變得模糊不清。我還注意到了屋子的地板，地板倒是石頭鋪的。

屋子正中間，有個巨大的圓坑，就是那個我因為跌了一跤而躲過的陷阱。不過並非像我猜的那樣，屋子裡佈滿機關，屋子裡只有這一個陷阱而已。這一切，我看得並不是很真切，朦朦朧朧的。趁著我昏迷的時候，我不知道被誰綁在一個低矮的木頭架子上，牢牢地用皮繩捆著，只有頭部能自由活動。我的左手邊，勉強能夠到的地方，有一盤散發著刺鼻氣味的肉，水和麵包都不見了，這顯然是那些焦急期待我死去的人刻意做的。

我抬起頭，看到了地牢的天花板。它離我大概只有三、四十英尺的距離，材質也和四壁相同。其中一塊金屬板上畫著一幅彩色的時間老人畫像，同我所見過的時間老人不同，他的手裡並沒有握著鐮刀，其他倒沒什麼不同。我漫不經心地掃過，才認出他手裡的似乎是常見的老式鐘擺。不過這個鐘擺的外形很獨特，當我對著它仰望時，似乎能夠看見它在擺動。很快，這種感覺被證實了，它緩慢地小幅度地擺動著。我盯著它，既害怕，又吃驚，直到看膩了，我的目光才移開。

一陣窸窸窣窣的細微響動吸引了我，我順著聲音的方向看去。只見地上有幾隻肥碩的老鼠，從那個圓坑中爬了出來。它們完全無視我的存在，貪婪地盯著盤子裡的肉，我費盡力氣才嚇跑它們。半個小時或者一個小時，我已經搞不清時間了，我的目光又轉向之前吸引我的巨大鐘擺。

不看則已，一看嚇得臉色全變。那個鐘擺擺幅變大接近一碼，擺速也加快了近一倍。最讓人害怕的是，那個鐘擺正在下降，而它的下端是一把彎月形的鋼刀，正對著我閃閃發光。我能看到鋒利的刀刃，整個鋼刀的形狀像是執行死刑的剃刀，又沉重又笨拙，從上往下越來越寬，上面繫在銅棒上，擺動的下方劃破空氣，發出嘶嘶的響聲。

我不必再遲疑了，這就是那些愛折磨人的僧侶為我安排的死法，見我躲過一劫，就打算用這樣獨一無二的方法結束我的性命。宗教法庭的那些傢伙已經知道我發現了陷坑，就決定換一種比較溫柔的死法來對付我。那圓坑是傳說之中宗教法庭對付犯人超群絕倫的方法。趁人不備的設計、酷刑折磨不正是地牢裡殺人的主要手段嗎，無論哪一種都令人稱奇。不過現在這個方法，真是相對溫柔啊。「溫柔」，我居然用了這樣的字眼，看來我只能苦澀地一笑了。我發出聲音數著鋼刀擺動的次數，一下、兩下……就像是在倒數計時，看看自己什麼時候會死。

在漫長的時間裡，我受著比直接死去還可怕的折磨。不過說這個又有什麼用？那鐘擺正一點一點地向我靠近，一點點地下降。它的速度太過緩慢，致使我要很長時間才能發現它確實在下落。就這樣過了很多天，也許只是幾天，雖然對於我而言，時間並沒有什麼分別，那個鐘擺終於來到了我的頭頂。我能感到刀刃劃破空氣產生的微風，能嗅到鋒利刀刃上的金屬味道。

我在心中不停地祈求老天爺，讓它快點結束這酷刑的折磨。我甚至發瘋似的，想要撞上去，直接了結自己的性命。

可是，後來我突然平靜了，對著那個即將殺死自己的兇器笑了，就像是孩子見到糖一樣開心。我又昏了過去，不過這次時間比較短，因為我醒來後發現的位置沒有變。不過也可能是那些正在監視我期盼我死去的惡魔們，看我昏過去便停止了鐘擺。

當我醒來時，感到說不出的虛弱和不舒服，就像是長久未進食一般。無論經歷怎樣的打擊，犯了如何滔天的罪過，人還是會餓的。饑餓驅使我伸出左手，顫抖地伸向老鼠吃剩的那一丁點肉。

我終於觸碰到了，掙扎著扯下一點放入自己的嘴巴。這時候一個想法閃現在我的腦海，它不成熟，卻飽含著希望和喜悅。不過人並不總是喜歡遐想，那些遐想雖然美好但最終也只是幻想而已。我感覺到那個帶給我希望的想法消失了，我拼命地想抓住它，想看一看，但一切都是白費力氣。

長久的精神折磨，已經把我變成了一個不會思考的廢物，一個白癡。我平躺著，那彎月的刀鋒，正對著我的心臟。看來這是設計好的，他們準備讓那鐘擺慢慢地劃過我的衣服，一道一道地劃破皮膚，最後到達心臟。

鐘擺擺動的幅度越來越大，下降的速度也開始加快，擺動的力道之大像是能劃破鐵板。不過對於我的衣服，它還得花費不少時間慢慢地磨破，一點兒一點兒的。我不敢去想，我不敢再想，思緒就停在那裡，就像是我不想下去，那鋼刀就會停在那裡靜止不動似的。我想像著刀割破長袍的聲響，想像那慢慢的摩擦對神經造成的緊張效果。我不停地想像和研究著這樣那樣無關緊要的細節，一直到全身發冷。

那個鐘擺只是緩慢又平穩地下降著，我比較著它擺動的幅度和下降的速度，心中產生了一種快感，想尖叫，又很恐懼。左右，左右，隨著這一下下，我不能自制地狂叫和大笑。

那鐘擺還在下降，沒有停止，只是不停地下降，距離我的胸口還有三英寸。我掙扎著想逃亡，然而全身上下，只有肘部以下的部分能夠動彈。我又將手伸到盤子裡，想抓點肉放進自己的嘴裡。可是，用盡力氣也碰不到更遠的地方。如果，如果我能夠掙脫皮繩，那我一定能夠再逃過一劫。鐘擺的下降仍在繼續，那頻率似乎和我的心跳呼吸綁到了一起。

我沒有辦法，只能任憑它離我越來越近，只能看著那鋒利的刀刃閃著寒光一點點地蹭向我的胸膛。我的每一根神經，每一個毛孔都散發著恐懼。

此刻，死亡對我而言已經不再是什麼可怕的魔鬼，而是我期盼的上帝。我渴望解脫，渴望能夠閉著眼直奔死亡。一定要戰勝它，戰勝恐懼，戰勝痛苦——這樣的希望，不會因為我待在宗教法庭的地牢裡而消失不見，反而更加清晰地出現在我的耳邊。

鐘擺只要再擺動十一、二次就能夠劃破我的衣服了，我似乎看到了自己的未來。這樣緊急的情形，迫使我重新鎮定下來，開始思考如何逃生。天啊，這其實是我這麼久以來第一次思考。繩子，對，現在唯一的阻礙是繩子。綁著我的繩子只有一根，倘若，它斷掉，無論是哪裡斷掉，我都將有生的可能。利用正在下降的鋒利剃刀？不，那太危險了。

刀刃緊貼著身子，一掙扎，我不但不會逃生反而會輕易喪命。再說，那些監視我的傢伙，也一定不會允許我這樣做。更何況，我如何能保證，鐘擺恰好割斷皮繩而不傷到自己？我抬起頭來，仔細觀察捆綁我的繩子。該死，唯有那彎刀將劃到的地方沒被繩子纏上，我似乎看到絕望在對我招手。

我的腦袋，依然沒有擺正，之前吃食物時那個模糊的逃生念頭，居然在此刻閃電般拼湊完整。雖然這想法還不成熟，逃生的機率也很微弱，但絕處逢生的喜悅，帶給了我莫大的熱情。幾個小時以來，大批老鼠在我旁邊，貪婪瘋狂地盯著我，似乎準備來吞噬我。盤子裡的肉已被他們吃得只剩一點點碎末，我甚至不敢想像平時在那陷坑裡，它們都吃些什麼。

我驅逐老鼠的習慣性動作，不但沒為我保留一點兒食物，反而使我的手指時常被那些饑餓難耐的老鼠啃咬。想到這裡，我用左手將僅有的碎末都抹到了皮繩上，一點兒也沒有浪費，小心地塗抹，做完這一切，我開始裝死。

那些瘋狂的老鼠起初在看見我一動不動後，紛紛害怕地後退，甚至逃回洞穴，不過這現象只持續了很短的時間，我沒有估算錯它們的貪婪和饑餓。一隻老鼠跳了過來，兩隻，接著是成群的老鼠，生怕落後一樣湧了過來。它們在我的身體上走來走去，就像氾濫的洪水一般。那不斷下降的鐘擺沒給他們造成任何困擾，它們就這樣踩著我，不斷躲著鐘擺的襲擊，不斷拼命啃食著塗滿肉末的皮繩。那種感覺無法形容，甚至有那麼幾隻老鼠將冷冰冰的嘴唇湊向我的嘴，我不禁毛骨悚然，充滿了恐懼和厭惡。

過了一會兒，我能感覺到這方法正在慢慢生效。我身上的繩子不止一處被老鼠弄斷，我能夠動了，不過我依然沒有得到完全的自由，於是我憑著自己的意志保持著一動不動的姿勢。終於，我將要自由了，那皮繩斷成一截一截，掛在我身上。不過彎月的剃刀已經壓向了我的胸膛，連我那厚厚的長袍都被割破了，裡面的亞麻布長衫也岌岌可危。又是兩個來回，我感覺到了疼痛。終於到了，終於到了脫身的時刻。隨著我的挪動，那群稱得上救命恩人的老鼠四下流竄。我能夠行動了，我謹慎地向旁邊一縮，既躲過了利刃，也擺脫了繩子的捆綁。這一刻，至少在這一刻，我自由了。

雖然我依然在宗教法庭的控制下，可是我逃過了這折磨人的刑罰。我剛剛逃離困境，坐在地板上，那可怕的鐘擺就停止不動了。我看到它被無形的力量拉到上面，消失在天花板上。看來我一直被監視著，這一點，我已經銘記於心。什麼自由，我不過是逃離了一種痛苦的死法，不知道下一種是不是更折磨人。

想到這裡，我開始打量四周，看看環境是否發生了變化，從天花板到地板再到牆壁。起初我沒有看清楚，後來，我發現囚禁著我的鐵壁發生了驚人的變化。新的刑罰開始了，意識到這一點，我再次渾身顫抖，就像做了噩夢一樣，連靈魂也不知去了哪裡。我的意識隨波逐流，不知道會停在哪裡。

然而這期間，我發現了一個事實，牆壁和地面是徹底分開的，讓地牢變得明亮的光線就從它們之間的縫隙照進來的。我趴在地上，死命地向縫隙外望去，希望能看到什麼，不過這都是白費。

我剛剛放棄這樣的舉動，就發現牢房已經變了模樣。牆上那些牛鬼蛇神的怪圖，輪廓依然清晰，不過它們那模糊的色彩，卻變得光彩奪目。那些鬼神像被賦予了生命，從四面八方圍著我，瞪著我。他們的目光肆虐又可怕，閃著火光。我沒辦法說服自己那火焰是假的。呼吸之間，已經有鐵板燒紅的味道傳了過來。整個牢房裡彌漫著這樣的味道，讓人無法呼吸。那些鬼神的眼睛一閃一閃的，越來越亮，深紅色就像煉獄的火光一樣在那些恐怖的圖畫上蔓延。

我覺得呼吸越來越困難，這就是那些吃人不吐骨頭的傢伙設計的方法，他們要活活烤死我，讓我在烤死和自願跳入陷阱兩者中選擇。為了躲避炙熱和可怕的魔神，我向屋子正中移動。陷坑裡面浮上來的駭人寒氣似乎讓我鎮靜下來，我迫不及待地衝到坑邊，瞪圓眼睛，看向被屋頂發出的光亮照清的陷阱。

我似乎瘋了，我一直拒絕接受的事實，突破了幾道防線，佔領了我的內心，在我所謂的理智上，烙上了不可磨滅的印記。那是怎樣一種可怕，不能用言語形容，不能用事物比喻，恐怕就連地獄，也比這仁慈。我尖叫著逃離了坑邊，悲痛地哭泣。

溫度還在不斷上升，我抬頭觀察，身體卻被從心裡發出的寒氣弄得戰慄不已。地牢又產生了變化，它的形狀變了，和以前的每一次酷刑一樣，我最初無法弄清發生了什麼，不過這一次，我很快就搞懂了，由於我連續兩次逃脫刑罰，宗教法庭決定報復。他們要用最可怕的刑罰，送我入地獄，這次，我在劫難逃。

轉瞬之間，牢房變成了菱形，這變化還在不斷繼續，好像最後將如同一張嘴一樣慢慢地閉合，把我夾在中間。我會死的，我一定會死，這次一點我不指望它停止，甚至期待被這火熱的牆壁烤成碳，變成死屍。只要不是讓我死在那陷阱中，我可以接受那死亡。

白癡，我在心底咒罵自己。傻子都知道這不斷變化的火熱鐵壁就是為了逼我走進那陷阱，難道我一個血肉之軀能夠經受得住高溫，能夠抵擋得住壓力？菱形越來越扁，越來越扁，變化的速度快到不容許我思考。菱形的正中，那陷阱正張著血盆大口等著我自投羅網。鐵壁一公分一公分地逼近我，我退縮著，越來越靠近陷阱的邊緣。

最後，我的身體烤焦了，不由自主地扭動，然而地板上沒有我的立身之處。我絕望地尖叫，聲音不斷在空氣中迴蕩，那嘶吼是為了給我的靈魂找到一個宣洩的路徑。我感覺到自己在深淵的邊緣岌岌可危，似乎就要跌進去。我閉上眼，再也不忍心去看，也不想去認清這事實。

突然，人聲鼎沸，不知何處傳來了一陣嘹亮的聲音，像是衝鋒號，更像是獲取勝利的號角。我聽到了震如雷鳴的刺耳聲音，那牆壁也忽然恢復了原狀。就在我要跌進那深淵時，一雙手牢牢地拉住了我。那是拉薩爾將軍，宗教法庭終於淪陷了，法國大軍開進了托萊多城。

作　　者　埃德加・愛倫・坡
編　　譯　江瑞芹
出 版 者　大拓文化事業有限公司
執行編輯　許軒民
封面設計　林鈺恆
內文排版　姚恩涵

總 經 銷　永續圖書有限公司
劃撥帳號　18669219
地　　址　22103 新北市汐止區大同路三段一九十四號九樓之一
TEL　（〇二）八六四七—三六六三
FAX　（〇二）八六四七—三六六〇
E-mail　yungjiuh@ms45.hinet.net
網　　址　www.foreverbooks.com.tw

CVS代理　美璟文化有限公司
TEL　（〇二）二七二三—九九六八
FAX　（〇二）二七二三—九六六八

法律顧問　方圓法律事務所　涂成樞律師

出 版 日◇二〇一九年一月

國家圖書館出版品預行編目資料

驚悚大師：愛倫坡. II / 埃德加.愛倫.坡著
; 江瑞芹編譯. -- 初版. -- 新北市：大拓文化, 民108.01
面；　公分. -- (謎；8)
ISBN 978-986-411-086-5(平裝)

874.57　　107020051

謝謝您購買　驚悚大師—愛倫坡〈Ⅱ〉　這本書！

即日起，詳細填寫本卡各欄，對折免貼郵票寄回，我們每月將抽出一百名回函讀者寄出精美禮物，並享有生日當月購書優惠！

想知道更多更即時的消息，歡迎加入"永續圖書粉絲團"

您也可以利用以下傳真或是掃描圖檔寄回本公司信箱，謝謝。

傳真電話：（02）8647-3660　　信箱：yungjiuh@ms45.hinet.net

☺ 姓名：＿＿＿＿＿＿　□男　□女　　□單身　□已婚

☺ 生日：＿＿＿＿＿＿　□非會員　　□已是會員

☺ E-Mail：＿＿＿＿＿＿　電話：（　）＿＿＿＿

☺ 地址：＿＿＿＿＿＿

☺ 學歷：□高中及以下　□專科或大學　□研究所以上　□其他＿＿＿

☺ 職業：□學生　□資訊　□製造　□行銷　□服務　□金融

□傳播　□公教　□軍警　□自由　□家管　□其他＿＿＿

☺ 您購買此書的原因：□書名　□作者　□內容　□封面　□其他＿＿＿

☺ 您購買此書地點：＿＿＿＿＿＿　金額：＿＿＿

☺ 建議改進：□內容　□封面　□版面設計　□其他＿＿＿

您的建議：＿＿＿＿＿＿